KB174491

누구나
공감하는 세상과
만나는 지혜

발행일 2015년 3월 1일 2판1쇄 발행 **발행처** 도서출판세화 **지은이** 전인기 **펴낸이** 박 용
등록일자 1978년 12월 26일 제 1-338호 **주소** 경기도 파주시 회동길 325-22(서패동 469-2)
편집부 (031)955_9333 **영업부** (02)719_3142, (031)955_9331~2
팩스 (02)719_3146, (031)955_9334 **웹사이트** www.sehwapub.co.kr

이 책에 실린 모든 글과 일러스트 및 편집 형태에 대한 저작권은 도서출판 세화에 있으므로 무단 복사, 복
제는 법에 저촉 받습니다. 잘못 제작된 책은 교환해 드립니다.

정가 12,000원 **ISBN 978-89-317-0745-8** 03800

누구나
공감하는 세상과
만나는 지혜

전인기 지음

도서출판 세화

C⌀NTENTS

C●NTENTS

작가의 말

삶은 자기 자신을 만나는 과정,
어떤 경우에도 절대 포기하지 말자!

예전에 어느 날 퇴근해서 늦은 저녁을 먹는데 텔레비전에서
〈길거리 특강〉이란 프로그램을 방영하고 있었다. 아무 생각 없
이 식사를 하면서 눈은 계속 텔레비전을 응시하고 있었다. 그

때 벙거지 모자에 커다란 마스크를 쓴 할아버지 한 분이 나오자 사회자는 그 할아버지에게 "선생님! 모자와 마스크를 벗어야 하지 않겠습니까? 그것이 시청자에 대한 예의이니까요." 그러자 그 할아버지는 "네! 그런데 제가 마스크를 벗는 순간 시청자들은 채널을 돌리고, 여기 계신 청중들도 모두 이곳을 떠날 터인데 그래도 벗어야겠습니까?"

그 말에 사회자는 "선생님! 그래도 벗어 주세요"라고 다시 요청했다.

할아버지는 잠시 아무런 말이 없다. 한참동안 고개를 떨어뜨리고 있던 할아버지는 조용히 "그럼 벗겠습니다"라는 말과 함께 조심스럽게 마스크를 벗었다. 그 순간 할아버지의 눈에는 눈물이 살짝 맺히는 듯 했다.

마스크를 벗은 얼굴을 보는 순간 필자도 깜짝 놀랐다. 얼굴에 코가 없었고, 입술도 귀도 없었다. 그리고 할아버지께 대단히 죄송하지만 볼의 살과 눈썹이 없는 것이 꼭 괴기영화에서나 볼 수 있는 해골을 보는 듯한 기분이었다. 머리카락도 제멋대로였다. 듬성듬성 여기 저기 흩어져 있는 머리카락은 더욱 얼굴을 똑바로 바라보기 힘들게 하였다. 나는 밥을 먹고 있는 중이라 더더욱 너무 끔찍한 나머지 채널을 돌리려다가 어떻게 저런 사람이 길거리 특강에 나왔을까 하는 생각이 들어 눈길을 뗄

수 없었다.

할아버지는 잠시 눈물을 훔치며 고개를 숙였다. 사회자도 너무 뜻밖이라는 듯 말꼬리를 흐리며 다시 물었다.

"선생님, 어떻게 이렇게……."

그 할아버지는 다시 아무 일 없다는 듯 이야기를 시작했다.

"제가 어느 날 집에서 잠을 자는 데 갑자기 얼굴로 불똥이 떨어져 손으로 불을 끄다 보니 손에 불이 붙고 다시 손의 불을 끄려다 보니 발에 불이 붙게 되어 온몸에 불이 붙게 되었지요. 의식을 잃어 더 이상은 기억하지 못하고 깨어보니 병원이더군요. 병원에서 치료를 받는 동안 6개월 정도 지나니 제 처가 곁을 떠나고, 1년이 되니 자식마저 곁을 떠나더군요. 그러던 중 처자식이 나를 버렸는데 세상에 나를 반겨 줄 사람이 누가 있겠나 싶어 자살을 결심하게 되었습니다. 처음에 약을 먹고 죽으려다 생각해 보니 내가 약을 먹고 죽으면 죄 없는 자식들이 대대손손 손가락질을 받을 것 같은 생각이 들었습니다. 그래서 자살이 아닌 자연사나 실족사로 위장을 해 죽기로 했습니다. 어떤 방법이 좋을까를 곰곰이 생각하다가 낭떠러지에서 실족사로 위장해 죽는 것이 좋겠다고 생각하여 산꼭대기로 올라갔습니다. 산 위에서 아래를 보니 너무 아찔한데 뛰어 내리려는 순간 이상한 생각이 들었습니다. 나는 손과 발이 불에 타 걸음

도 제대로 걸을 수가 없는데 산꼭대기까지 왔더군요. 여기까지 온 것이 너무 뜻밖이라 나도 놀랐습니다. 내가 어떻게 왔는지를 생각해 보니 오직 죽겠다는 일념으로 기고 기어서 올라왔던 것입니다. 순간 마음이 바뀌더군요. 그래, 내가 죽을 각오로 살아 보지도 않고 자살부터 생각하는 것은 도피가 아닌가. 죽을 각오로 노력을 해 본 다음 자살을 해도 늦지는 않을 거라는 마음이 들었습니다. 그리고 지금까지 열심히 노력을 하며 살다 보니 이렇게 길거리 특강에서도 불러 주더군요.”

사회자는 눈물을 글썽이며 이 이야기를 한참동안 듣다가 다시 말을 이었다.

“그런데 선생님, 귀가 없는데 마스크를 쓸 때 불편하지 않으십니까?”

할아버지는 그게 무슨 소리냐는 듯이 손사래를 치며 대답을 해주었다.

“난 귀가 없어 얼마나 좋은지 모르오. 귀가 없으니 겨울철에 귀가 시리지 않아 좋지요. 아니 그렇습니까?”

할아버지는 입가에 알 듯 말 듯한 웃음을 띠며 다시 말을 이어나갔다.

“그런데 내가 이 몸으로 살아갈 때 왜 어렵고 힘들지 않았겠습니까? 내가 힘들 때는 영국의 윈스턴 처칠 수상을 많이 생각

했습니다. 그 분이 힘들 때마다 이렇게 외쳤다고 하더군요. You never give up! 절대 포기 하지마라! 그래서 저도 힘들 때마다 큰 소리로 외쳤습니다. You never give up! 이라고 말입니다. 여러분도 함께 외쳐 보세요. You never give up!"

할아버지의 눈에서는 뜨거운 눈물이 움푹 파인 볼을 타고 흘렀다. 그래도 할아버지는 흐르는 눈물을 닦을 생각을 하지 않고 목소리에 더 힘을 실어 다시 외쳤다.

"세상을 살면서 일이 잘 안 풀리면 죽을힘을 다 해보고, 그래도 더 힘들면 You never give up! 이라고 외치세요."

이렇게 외치는 할아버지의 얼굴은 환한 미소로 빛나고 있었다.

이 이야기처럼 우리는 살아가면서 아무리 힘든 상황이 오너라도 절대로 포기를 하지 말아야 한다. 힘든 순간 그 자체가 삶의 목적과 결과물이 아니다. 위기란 우리 자신을 깨닫기 위한 삶의 기회이다. 나는 강의를 나가면 이 할아버지의 사연을 들려주곤 한다. 인생에 '최악'이란 없다. 단지 우리가 '최악이라고 생각하면 최악의 순간'일 뿐이다.

모든 건 생각하기에 달렸다. 우리가 머릿속으로 결정지어버리면 그건 현실이 된다. 반대로 힘든 상황에서도 끝까지 포기하

지 않는다면 새로운 문이 열린다. 이건 위로의 말이 아니다. 삶의 순간순간, 죽을 고비까지 지나 본 필자의 경험에서 우러나온 말이다. 자라나는 청소년들, 그리고 아직도 삶의 의미와 방향을 찾지 못해 방황하는 많은 사람들과 삶이라는 정체 모를 존재에 대해 이야기를 나누고 싶어 이 책을 집필했다.

삶이란 자기 자신을 만나러 가는 과정이다. 우리는 진정한 자기를 찾기 위해 길을 떠나고 있는 것이다. 아무 생각 없이, 목적 없이 인생의 소중한 시간을 낭비하지 말기를 바란다. 인생은 태어나서 자기라는 대상을 깨닫고 찾아가는 여정이다. 지금부터 자기를 찾아 떠나는 열차에 올라보자.

삶이라는 여행을 하다가 힘든 순간이 닥치더라도 우리는 끝까지 버티면서 다음 칸의 문을 열 수 있어야 한다. 꼬리 칸에서 머리 칸까지 올라가는 삶의 열차에서 결국 그 끝에는 자기를 발견할 수 있는 열쇠가 있을 것이다. 이 책의 페이지를 넘기면서 각자 자기 인생의 열차를 타는 중요한 의미를 이제부터 되새겨보는 시간을 갖도록 하자.

STEP 01

나를 찾는 여행에서의 마음가짐

01
내 영혼은 어디에 있는가?

영국의 탐험대가 아프리카를 탐험하기 위해 원주민들을 포터로 고용하여 탐험을 시작한 지 사흘째 되던 날이었다. 원주민들은 더 이상 갈 수가 없다며 바닥에 주저앉았다. 이유를 물었더니 너무 빠르게 쉬지 않고 이곳까지 와 자신들의 영혼이 자신들을 쫓아오지 못해 영혼을 기다려야 한다고 했다는 이야기다.

우리나라에 온 외국인들이 제일 먼저 듣고 제일 많이 듣는

말이 '빨리 빨리'라고 한다. 우리가 그동안 '빨리! 빨리!'를 외치며 달려왔는데 과연 우리의 영혼은 우리를 따라 오고 있었던 걸까. 우리는 영혼을 내버려두고 여기까지 달려온 건 아닌지……. 정말 사흘을 일하고 영혼을 걱정하는 아프리카인들보다 우리의 영혼이 더 빨리 빨리 움직이고 있어 걱정을 하지 않아도 되는 걸까.

우리나라 청소년들의 학습시간이 세계 1위이고, 우리나라 근로자들의 근무시간 역시 세계 1위라고 한다. 다른 나라의 국민들보다 열심히 공부하고 일하니까 세계에서 행복지수도 1위가 되어야 마땅할 터인데 행복지수는 OECD 기준보다 낮고 자살률은 세계 1위라고 한다.

무엇이 잘못된 걸까.

아마 너무 빨리 빨리만 쫓다보니 영혼이 육신을 쫓아오지 못해 자살률이 그렇게 높은 것은 아닌가 싶다.

필자는 우연한 기회에 지인의 병원에 들렀다가 상당히 진행된 암 진단을 받았다. 정밀 검사를 해 보니 이름도 생소한 구인두암(편도암) 3기 말이란다. 처음 암이라는 이야기를 듣는 순간 멍하니 아무 생각도 나지 않았다.

가장 절박한 순간에 마주하는 사람은?

간신히 정신을 차리고 병원 문을 나서는 데 마음속에서 이런 소리가 들려왔다.

'왜? 왜 나야? 설마, 오진이겠지……. 내가 무슨 암이야! 허구 많은 사람 중에 하필이면 왜 나야? 난 이제까지 매순간 성실하게 살아왔고, 교직에 충실하면서 열심히 앞만 보고 달려왔는데, 내가 무슨 잘못을 했기에 암에 걸렸을까.'

난 방금 전에 의사에게서 들었던 암 판정이 거짓일 것이라는 생각이 들었고, 어쩌면 단지 꿈일 수도 있다는 생각이 계속 뇌리를 맴돌았다. 당시에는 '암은 곧 사형선고'라고 인식이 되던 시절이었기에 그만큼 충격이 컸다.

허탈한 심정으로 병원 문을 나서는데 남루한 옷차림으로 길바닥에 앉아 두 손을 모으고 추위에 떨며 한 푼을 구걸하는 거지가 보였다. 그 거지는 나를 보면서 한 푼 적선해 달라는 눈빛으로 구걸을 하는 데 오히려 그 거지가 한없이 부러워 눈물을 흘렸던 기억이 난다. 저 거지는 한 끼의 식사는 걱정해도 생사는 걱정하지 않아도 될 것이라는 생각이 들면서…….

순간 내가 아프다는 것과 내가 죽을병에 걸렸다는 사실을 누

군가에게 이야기를 해서 위로를 받고 싶다는 소망이 생겼다. 누구라도 지금 이 상황에 대해 이야기를 나눌 사람이 절실히 필요했다.

그런데 그동안 내가 알아왔던 그 많은 사람들 중에 이 이야기를 건넬 사람이 없었다. 가장 가깝게 평생을 함께 살아오며 모든 것을 함께했던 아내에게조차 쉽사리 입이 떨어지질 않았다. 사형선고나 다름없는 암 진단의 이야기를 하려니 그 사실을 내뱉는 순간 집안이 무너질 것 같았다. 또 자식들에게 털어놓자니 나약한 가장의 모습을 보이는 게 싫었다. 나를 낳아주신 부모님께 말씀드리자니 부모님 가슴에 못을 박는 것 같아 이야기를 꺼내는 것이 힘들었다. 친구에게 이야기하자니 이 절박한 심정이 전달되지 않을 것 같고, 그저 값싼 동정만 받을 것 같아 자존심이 상해 이야기를 꺼내놓을 수 없었다.

내 영혼이 그리워지는 순간

아무도 없었다……. 내 주변에는 내가 가장 힘든 순간에 함께할 수 있는 사람들이 없었다. 인생이 허무했다. 그동안 너무나 평온해 보이고 아무 문제가 없어 보였던 내 삶이 하루아침

에 아무 의미도 없이 흘러내리는 모래성이 되어버렸다. 순간 한없이 슬퍼지면서 눈물이 왈칵 쏟아졌다.

자동차에 올라타 운전을 하려는 데도 눈물은 멈추지 않는다. 자꾸만 눈물이 앞을 가린다. 도저히 운전을 할 수 없어 자동차를 한쪽 구석에 주차를 하고, 자동차에 앉아 한참을 소리 내며 울었던 기억이 있다. 왜 그렇게 눈물이 났는지…….

쉼 없이 열심히 살아온 날들이 주마등처럼 스쳐갔다. 발명품을 만든다고 밤새웠던 일들, 수업을 빼지 않고 각종 발명 대회에 쫓아다니느라 무리했던 일, 신문과 잡지에 칼럼을 쓰느라 새벽 4시면 일어나 글을 썼던 일, 강의 시간에 쫓겨 졸음을 참고 고속도로를 질주했던 일들…….

열심히 일하며 20년을 넘게 쉼 없이 살아온 날들이다. 내가 이렇게 아픈 것이 나를 지켜줄 영혼들이 너무 지쳐 쫓아오지 못해 결국 나를 놓아버린 건 아니었을까.

순간 내 영혼이 너무 그리워졌다.

내 영혼은 어디에 있나? 과연 지금 이 순간 우리의 영혼은 어디쯤 나를 따라오고 있을까. 자칫 내 발걸음이 너무 빨라 나를 포기해버리기 직전은 아닌 건지……. 우리는 가끔씩 육신뿐만 아니라 우리의 영혼까지 잘 챙겨 가면서 인생이라는 여정을 떠나야 할 것이다. 생활이 바쁠수록 더 '육체가 너무 빨리 가

면 영혼이 쫓아오지 못한다'는 아프리카 원주민들 사이에 전해 오는 말의 의미를 곱씹어 보고 다시 생각해 봐야 할 것 같다.

암 투병생활 8년은 나에게 많은 변화를 주었다. 그동안 돌보지 못했던 삶의 여러 조각들을 다 꿰맞추면서 나는 다양한 내 인생의 프리즘을 마주보며 살아가고자 한다. 이젠 혼자 가는 여행이 아니라 함께 가는 여행을 하련다. 내 육신과 영혼이 나란히 함께 가는 여행을……육신과 영혼이 함께 손잡고 웃으면서 만들어가는 행복한 인생으로의 여정을 위하여 가끔씩 우리는 "내 영혼은 어디에 있는가?"라는 물음을 자기 자신에게 던져야 할 필요가 있다.

02
어제의 나와 오늘의 나는 무엇이 다른가?

어제와 오늘이 같고 내일이 오늘과 어제와 같다면…….

미국 케네디 공항이 언론사 기자들로 북적인다.

"포토라인 좀 지켜 주세요."

"밀지 마세요."

"여긴 내가 먼저 와서 자릴 잡은 곳인데 이렇게 밀면 어떡합니까?"

여기저기서 아우성 소리가 들린다. 하반신이 없는 케빈 마이클 코널리라는 사람이 일 년 동안 세계 일주를 하고 귀국한다는 소리에 전 미국 언론사 기자들이 모여 취재 경쟁을 벌였다.

이 코널리 이야기를 계속 이어가기에는 22년 전 평범하지만 않았던 한 인간의 탄생의 순간을 말하지 않을 수 없다. 미국의 뉴욕 롱아일랜드 산부인과에서 우렁찬 아기 울음소리와 함께 젊은 산모의 흐느낌 소리가 들렸다.

새로운 아기 탄생의 순간 아기 울음소리와 함께 젊은 산모의 울음소리와 한숨 소리가 며칠을 두고 산부인과 병원을 무겁게 하였다. 새롭게 태어난 아기의 몸이 허리 아래 부분은 사라지고 상체의 몸만 가지고 태어난 것이다.

"난 어떡하라고. 날 보고 어떡하라고. 내가 무슨 죄가 많아서……. 날 보고 어떡하라고."

산모는 계속 흐느끼며 한탄의 말만 수없이 반복한다. 며칠을 흐느끼던 산모가 가족을 불러 모은 다음 비장한 표정으로 이야기를 시작한다.

"아기의 이름은 '케빈 마이클 코널리'다. 지금부터 케빈 마이클 코널리에게 눈물을 흘리게 하는 사람이 있으면 나는 그 사람을 우리 가족으로 인정하지 않겠다. 절대 코널리에게 눈물이 나지 않게 해라."

　엄마의 표정은 엄숙했고 비장했다. 이날부터 가족들은 코넬리에게 불편함이 없도록 최선을 다했다. 또 코넬리가 원하는 일이면 무엇이든 다 들어 주었다. 결국 코넬리는 집안에서 황제처럼 군림했다.

집안의 세상과 담 너머 세상의 사이에서

　그렇게 22년이란 세월이 흐른 어느 여름 날 오후였다.
　띵동! 띵동!
　계속해서 초인종 소리가 들린다. 집안에는 엄마와 코넬리 둘뿐이었다. 엄마는 초인종 소리에 현관으로 나갔고 순간 목이 마른 코넬리는 엄마를 찾았다.
　"엄마!, 엄마!, 엄마!."
　현관 쪽으로 나간 엄마의 대답소리는 들리지 않았다.
　코넬리는 악을 쓰듯 하며 엄마를 부르다가 자신의 성질을 이기지 못하고 주변의 물건을 벽에 던지기 시작한다. 베개, 주전자, 수건, 옷, 컵 등……. 집안에서 황제로 군림하던 코넬리 집안에서는 늘 있던 일이다. 자신이 부르면 누군가 즉시 달려와 도와주던 것이 익숙해져 있었다. 시간을 늦추지 않고 일을 해

결해 주던 것이 습관이 되다 보니 참을성까지 없어졌던 것이다.

코넬리 주변은 아수라장이 되었다. 순간 엄마와 함께 들어오던 이웃집 아주머니는 그 광경을 보고 깜짝 놀라 탄식하며 혼잣말로 중얼거렸다.

"쯧쯧, 차라리 죽어버리기나 하지!"

하필이면 이 말을 듣지 말아야 할 코넬리가 듣게 되었다. 코넬리는 뜻밖의 소리에 아주머니를 바라보며 깜짝 놀랐다. 코넬리는 내가 이 집안에서는 황제로 왕으로 군림하고 있었는데 우리 집 담벼락을 벗어난 밖에서는 내가 죽길 바라고 있었구나. 세상 사람들이 모두 날 황제로 대접하지 않는구나, 하는 것을 깨달았다. 그날부터 코넬리는 열흘 동안 은둔자처럼 생활하면서 누구와도 이야기를 하지 않았다.

무엇이 운명을 바꾸게 한 걸까?

그러던 어느 날 드디어 방에서 나온 코넬리가 엄마에게 입을 열었다.

"엄마! 나도 세상 구경을 하고 싶어요. 그러니 제게 개 한 마

리와 스케이트보드 하나만 사 줘요."

"아니, 네가 세상 구경을 하려면 나와 함께 가면 될 텐데 굳이 스케이트보드와 개가 왜 필요하니?"

"엄마! 이번 여행은 저 혼자 다니고 싶어요. 엄마는 걱정하지 마시고 집에 계세요."

아들 코넬리의 단호함에 엄마는 개와 스케이트보드를 사다 줄 수밖에 없었다. 그것을 받아든 코넬리는 매일 스케이트보드 타는 연습을 했다. 그리고 드디어 하루는 "엄마, 세계 일주를 하고 올게요." 하며 집을 나섰다.

엄마가 쫓아가며 말리는 데도 막무가내로 그냥 떠나겠다며 밀어붙이는 아들 코넬리는 길거리에서 엄마와 다투게 되었다. 우연히 그 광경을 지켜보던 신문 기자가 코넬리 사진과 함께 그 사연을 신문에 싣는다. 두 다리가 없는 장애 청년이 엄마의 만류에도 불구하고 홀로 세계 일주를 떠난다는 내용이었다.

많은 사람들은 두 다리가 없는 장애인이 스케이트보드를 타고 세계 일주를 한다는 그 기사에 흥미를 느꼈고 코넬리에 대해 지대한 관심을 갖기 시작했다. 그때부터 신문사에는 정말 코넬리가 세계 여행을 하고 있는지, 어디쯤 가고 있는지 확인하는 전화가 하루에도 수십 통씩 걸려왔다. 이 때문에 신문사에서도 코넬리에 대해 관심을 끊을 수가 없었다.

하는 수없이 신문사에서는 중간 중간에 코넬리의 소식을 전해 주었다. 독자들은 그 기사를 보고 코넬리에 대해 더 많은 관심을 쏟기 시작했다. 더불어 신문사에서도 코넬리에 대한 더 많은 기사를 지면에 할애할 수밖에 없었다.

이런 사연으로 1년여의 세월이 흐르고 코넬리가 세계 일주를 마친 후 케네디 공항에 도착하는 날, 미국의 언론사들은 코넬리를 기다리느라 공항에서 진을 치고 있었던 것이다.

22살 이후의 코넬리와 그 이전의 코넬리는 무엇이 다를까? 22살 이전의 코넬리가 집안의 황제였다면 이후의 코넬리는 언론의 주목을 받는 미국의 주요인물이 되었다. 무엇이 그의 운명을 바꾸게 한 걸까? 늘 황제 대접을 받던 집안에만 안주했다면 과연 코넬리는 현재의 모습이 될 수 있었을까.

　코넬리의 변화를 생각해 보고 어제의 나와 오늘의 나를 다르게 하기 위해선 무엇이 필요한지 생각해 보자. 또 어제나 오늘이나 그리고 내일이나 항상 같은 모습으로만 우리는 살고 있는 건 아닌지 한번쯤 점검해 보아야 할 때이다.

03
꿈꾸는 자는 늙을 시간이 없다

　교직이라는 사회가 가끔은 드라마틱한 사건들을 만들어 내는 곳이라 지루하지 않고, 언제나 청춘의 마음으로 세상을 살 수가 있어 재미있는 공동체라는 생각이 든다. 2012년 마지막 한 장의 달력을 남겨 놓고 해가 저물어갈 무렵 첫 번째 주말에 서울교대에서 영재들의 학부모를 위한 강의가 있어 3시간 강의 중 한 시간을 마친 후 밖에서 잠깐 쉬려고 할 때의 일이다.

"선생님!" 하며 반갑게 다가오는 중년 학부모가 눈에 띈다. 서울 한복판에서 내가 아는 학부모는 없을 텐데 하며 의아한 눈으로 다시 다가오는 학부모님의 얼굴을 살폈다. 나는 평생을 경기도 P시의 시골 학교로만 옮겨가며 교직 생활을 해왔기 때문에 서울에서 나를 알아볼 사람은 없을 것이라 생각했다. 도대체 누굴까 하고 유심히 보는 순간 낯익은 얼굴에 이름까지 단번에 기억할 수 있었다.

"정은이?"

"선생님, 어떻게 제 이름을 기억하세요? 선생님 기억력, 정말 좋으시다!"

제자가 놀랄 만한 이유가 있었다. 그 학생이 중학교를 졸업하고 30년 가까이 되는 세월이 지난 후 처음 만나는데도 내가 얼굴이며 이름을 모두 바로 기억했기 때문이다. 당시에 우리 반 학생도 아닌 학생의 이름을 30년 가까이 되는 지금, 한순간의 망설임도 없이 맞추었으니 그렇게 이야기하는 것도 당연할 것이다.

기억력이 그렇게 좋지도 않은 내가 이 제자의 이름을 쉽게 기억할 수 있었던 이유에는 사연이 있다. 내가 새내기 과학교사로 처음 학교에 부임해 첫 수업을 하기 위해 교실을 찾아가는 길이었다. 그런데 첫 부임해오는 선생님을 골탕 먹이려고 학급

표찰을 바꾸어 놓아 교실을 찾지 못하게 했던 학급의 반장이 바로 정은이였던 것이다.

정은이는 개구쟁이였지만 학창시절의 모습은 군계일학처럼 다른 학생과 비교해 모든 면에서 유난히 뛰어났다. 우선 외모부터 눈에 확 들어왔다. 얼굴이 희면서 깔끔하고 얼굴도 예뻤다. 시험을 보면 항상 백점을 받고 또 유독 나를 따르고 좋아했다.

당시에는 새침데기라서 나에게는 표현을 하지 않았지만 학급의 학생들 사이에서는 과학 선생님은 정은이가 좋아하니 아무도 좋아하지 못하게 했다는 후문까지 있을 정도였으니까 말이다. 그런 추억 덕분에 30년이 지났지만 쉽게 기억을 해낼 수 있었던 것 같다.

30년의 세월을 넘어

내가 영재교육과 인연을 맺게 된 것은 영재교재를 교육개발원과 공동 집필한 경험으로 한국발명진흥회에서 주관하는 영재교육을 학생과 학부모들에게 강의를 할 기회가 있었고 그 인연으로 오늘 이 제자를 만날 수 있었다.

그렇게 얼굴도 예쁘고 공부도 잘했으니 지금으로 말하면 엄친아의 대표적인 표상이라 할 수 있었던 그녀가 지금은 무엇을 하며 어떻게 지내는지 궁금해서 물었다.

"너 지금 뭐 하고 지내니?"

"저요? 이렇게 애 키우고 지내잖아요?"

그렇게 똑똑했던 학생이면 다른 사람과 달리 세상을 위해 무엇인가 반드시 하고 있을 것이란 생각을 했고 그래야 된다는 생각을 하며 다시 물었다.

"아니 애 키우는 것 말고 다른 직업은 갖고 있지 않니?"

"네, 뭐 이 나이에 무슨……."

체념한 듯 토해내는 이야기와 함께 남편 이야기까지 더 한다

"남편은 틈만 나면 낚시나 가고 집에서 애들하고 지지고 볶고 사느라 정신이 없어요. 게다가 사내 녀석만 두 명인데 어찌나 속을 썩이는지 죽겠어요. 공부도 죽어라 하질 않아요. 선생님, 어떻게 해야 돼요?"

잠깐 동안 제자의 이야기를 들으면서 뭔가 잘못되었다는 느낌이 머리를 무겁게 짓눌렀다. 그렇게 학창시절에 공부 잘하고 똑똑하고 유능했으면 사회를 위해 무엇인가를 하고 있을 것이라 생각을 했는데 아무것도 하지 않고 있다니! 그냥 집에 있다는 이야기에 실망과 충격을 받았다.

쉬는 시간이 그렇게 지나고, 강의를 마치고 뒷정리를 하는데 정은이가 찾아왔다.

"선생님, 오늘은 저희들과 함께 식사하고 차 한 잔 하고 가셔야 해요."

저희들과 함께라는 말에 나는 "누가 또 있는데?"라고 물었다.

"선생님, 기억하세요? 그때 학교에 함께 다니던 희영과 민정이도 오기로 했어요."

"희영?"

희영이라는 이름에 몇 해 전의 일이 떠올랐다.

몇 해 전에 교직에 있다며 희영이라는 제자가 신랑과 함께 식사를 대접하겠다고 찾아와 학창시절 이야기를 한 적이 있었다. 내가 당시에 그 학생을 기억하지 못했던 일이 마음속에 내내 미안함으로 남았는데 오늘 또 그 학생의 이름이 나온 것이다.

원래는 그 학생을 잘 알고 있었는데 너무 오랜 세월이 흐르다 보니 '지금의 희영이라는 선생님'과 '학창 시절의 희영'이가 쉽게 연결이 되지 않아 기억을 하지 못했다. 뒤늦게 그 선생님이 그 학생이라는 사실을 알고 다시 만나면 반드시 미안하다고 사과를 해야겠다는 생각을 하고 있던 터라 다른 일들을 뒤로 미루기로 하고 제자들을 만나기로 했다.

"자네는 지금 하루 인생시계로 몇 시지?"

제자들과 점심을 먹고 차를 마시며 이런 저런 이야기를 하다 제자들이 무슨 일들을 하고 있는지 궁금해 기억나는 제자들을 떠올리며 안부를 물었다. 다들 교사, 은행원, 회사원 등 각자 자기 분야에서 열심히 살아가고 있다는 소식을 들을 수 있었다. 그런데 정작 큰 기대를 했던 은정이가 집안에만 있다는 게 내심 안타까워 물었다.

"넌 뭣 때문에 학교 다닐 때 그렇게 죽기 살기로 열심히 공부했니?"

"이렇게 살림만 할 거라면 그렇게 열심히 공부하지 않아도 되지 않았니?"

무언가 안쓰러운 마음에 물었더니 은정이의 말이 너무 뜻밖이었다.

"저요? 엄마에게 혼날까봐 공부했어요. 그런데 엄마 곁을 떠난 후에는 혼날 일이 없다보니 공부에 점점 흥미가 없어지게 되더라고요. 그러다보니 이리저리 시간만 흘러 대학에서 만난 대학 선배와 결혼해 이렇게 살고 있어요."

나는 그 말에 되받아 물었다.

"그럼 너의 꿈은?"

약간은 나른한 목소리로 정은이가 대답했다.

"꿈요? 이 나이에 무슨 꿈이에요?"

"네 나이가 몇 인데?"

"벌써 40이 넘은 걸요"

이야기를 하다 보니 김난도 교수의 말이 떠올랐다.

서울대학교를 졸업한 학생이 찾아와 하는 말이 "다른 친구들은 대학을 졸업하고 취업을 해서 부모님 내복을 사들고 고향엘 가는데 저는 취업도 못했는데 어떻게 고향엘 찾아 갈 수 있겠습니까? 더구나 서울대학교에 들어올 때 마을에 현수막을 붙이고 잔치까지 베풀어준 부모님에게 얼굴 들 낯이 없으니 차라리 죽고 싶습니다."

김난도 교수는 그 말에 공감을 하고 물었단다.

"네가 몇 살이지?"

"24살입니다."

"그럼 인생을 하루로 보고 인생 시계를 그려 보자. 앞으로 우리가 100세 시대에 살고 있으니까 24시간에 96살을 산다고 보면 1시간은 4살이 되나? 그렇다면 자네는 인생시계로 몇 살인가? 24살이니까 24 나누기 4니까 6시구만. 그럼 평소 자네는 아침 6시에는 무엇을 하며 지내나?"

"잠에서 일어날 시간인데요?"

"그래 그럼 아직 일어나지도 않았구면, 그런데 일어나지도 않고 죽을 생각부터 한다. 이게 될 말인가?"

"어, 정말 그러네요. 교수님 지금부터 다시 시작하고 하루를 설계해 보겠습니다."하며 밝은 모습으로 나갔다는 이야기다.

난 그 이야기를 정은이에게 들려주며 "자네는 지금 하루 인생시계로 몇 시지?"하고 물었더니 10시라며 수줍게 대답한다.

"그럼, 자네는 아침 10시면 무엇을 하고 지내지?"

"저요? 애들 학교에 보내고 설거지 하고 오늘 무슨 일을 할까 생각하며 차 한 잔 마실 시간이지요?"

"그럼 지금부터 차 마시면서 자네 인생을 설계해 보게. 박완서 씨도 처음 글을 쓰기 시작한 것이 마흔 살 부터라네 자네는 지금 시작한다 해도 박완서 씨보다 빠르지 않은가. 총명하고 똑똑한 재능 썩히지 말고 다시 시작 해보게."

"선생님, 그러네요. 아직 저도 뭔가 할 수 있는 나이네요. 다시 한 번 꿈을 꿔야겠어요."

난 이날 종일토록 새내기 교사시절로 돌아가 오랜만에 아무 생각 없이 이젠 중년 아줌마가 되어버린 제자들과의 수다 속에 묻혀 하루를 보냈다. 그 가운데에 이런 생각을 해봤다. '그렇게 똑똑했던 학생이 왜 제자리에 머무르게 되었을까……'

발명 영재교재를 만들 때 영재학생 판별 준거를 만들면서 기준을 정했던 일이 있다. 발명 영재는 100분의 3 안에 들어야 하며 어려운 과제를 주었을 때 집중력을 가지고 그 문제를 해결할 수 있어야 한다. 즉 집중력이 있는 학생을 판단 기준으로 삼았다.

그러나 오늘 나는 정은이를 만나면서 영재학생을 판별하는 것에 집중력보다 더 중요한 무엇이 있어야 한다는 생각이 들었다. 그 무엇이라는 것은 바로 꿈이다!

정은이는 틀림없이 영재였는데도 꿈이 없다 보니 재능을 발휘하지 못한 게 아닐까 하는 생각이 든다. 물론 가정에서 살림을 하고 자녀를 키우는 것도 중요한 일인 건 분명하지만, 남보다 뛰어난 능력이 있다면 그걸 썩히지 않고 사회를 위해 기여하는 것도 보람이 있는 일이다.

제자들과 헤어지고 집에 오면서도 정은이가 계속 안타깝다는 생각이 자꾸 드는 건 왜일까? 그건 지금도 여전히 교단에 서 있는 내 눈앞에 또 다른 정은이들이 많이 있기 때문이다. 우리가 항상 가슴에 품고 살아야 할 것이 무엇인지 다시 한 번 생각해 보자.

꿈을 꾸는 자만이 꿈을 이룰 수 있다고 한다. 사람들은 꿈과 호기심과 관심을 잃어버리는 순간부터 늙는다고 한다. 학생들

을 지도할 때 지식을 가르치는 것보다 더 중요한 것이 꿈과 희망을 심어주는 것이고, 나이를 먹어도 늙지 않는 비결 역시 꿈과 관심이라고 한다. 늙는 것이 두렵다면 꿈과 희망과 관심의 끈을 놓지 말아야 할 것이다.

04
나를 자유롭게 하는 방법

아지랑이가 피어나는 나른한 봄날, 아기 낙타와 엄마 낙타가 산책을 하던 중에 갑자기 아들 낙타가 물었다.

"엄마! 왜 우리는 이렇게 속눈썹이 긴 거야?"

그러자 엄마 낙타가 이야기를 했다.

"왜? 싫으니? 난 속눈썹이 길어서 예쁘고 좋은데."

"싫은 것은 아닌데. 유독 우리 속눈썹이 다른 동물에 비해

더 긴 것이 다른 숨은 뜻이 있는 것 같아서."

"그래? 우리 아들 관찰력이 대단한 걸. 속눈썹이 긴 숨은 이유는 우리가 사막에서 생활할 때 종종 모래바람이 세차게 부는데 그때 눈으로 들어오는 모래바람을 속눈썹이 길지 않으면 막을 수가 없어서 사막에서 먼 길을 갈 수가 없단다. 그래서 이렇게 속눈썹이 길게 만들어 진 것이란다. 우리처럼 속눈썹이 길어서 모래사막에 적응하기 쉽고 생활하기에 알맞은 동물들은 없지."

엄마 낙타가 대답을 하자 아들 낙타가 다시 물었다.

"그렇구나, 그런데 엄마! 저기에 있는 얼룩말은 등이 미끈하고 예쁜데 우리 등은 왜 이렇게 혹이 달려 있어?"

"으응, 그건 물과 먹을 것이 없는 사막에서 먼 길을 가려면 우리처럼 혹이 있어야 물과 영양분을 저장할 수 있기 때문이란다. 우리는 이 혹에 물과 영양분을 많이 저장할 수 있어 먼 길을 갈 수 있어. 하지만 저기 있는 얼룩말은 물과 영양분을 저장할 곳이 없어 먼 길을 갈 수가 없단다. 그리고 사막에서는 물과 영양분을 구할 수 없어서 스스로 가지고 가지 않으면 사막을 건너는 동안 변을 당할 수 있단다."

"그러면 엄마! 저기 있는 얼룩말은 발굽이 있어 발이 매끈하고 예쁜데 우리는 왜 이렇게 발굽도 없고 밉게 생겼어?"

"그건 말이야 미운 게 아니라 저기에 있는 얼룩말은 모래사막을 걸으려면 발은 예쁘지만 저 발굽 때문에 발이 푹푹 빠져서 걸을 수 없단다. 그렇지만 우리는 발이 이렇게 평평하게 생겨서 모래사막에서 빠지지 않고 먼 길을 걷기에 적당하게 생겨 사막에서 적응하기가 쉽단다."

"그렇구나, 그런데 엄마! 우리는 사막에서 살기에 아주 알맞은 신체적 조건을 모두 갖추고 있는데 왜 사막에 살지 않고 동물원에 있는 거야?"

아기 낙타의 이 질문에 신바람 나서 설명을 하던 엄마 낙타는 더 이상 대답을 할 수가 없자, 아무 말 없이 고개를 떨어뜨렸다.

'꿈'이라고 쓰고, '자유'라고 읽는다

우리는 주변에서 능력이 출중하고 뛰어난 재능을 가진 사람들을 많이 볼 수 있다. 특히 필자가 사람들 앞에서 강의를 자주 하면서 강의가 끝난 후 청중들과 이야기를 하다 보면 필자보다 오히려 더 뛰어난 언변과 지식이 있는 사람들을 만날 수 있다. 그런데 필자는 그 사람들 앞에서 강의를 하고, 그 사람

들이 청강생이 되는 이유는 그 사람들이 뛰어난 능력이 있는데도 스스로 자신을 창살로 가두고 있기 때문은 아닐까?

가령 목표를 설정해 놓고 추진하라고 하면 나는 여자라서 안되고, 몸이 약해서 안 되고, 피곤해서 안 되고, 나이가 많아서 안 되고, 애들을 돌봐야 되기 때문에 안 되고, 힘들어서 안 되고 등등 대부분 이런 저런 이유가 있다며 변명을 늘어놓는다. 그건 스스로 한계를 지어놓고 자신의 재능을 가두는 일이다. 자신의 능력과 꿈에 족쇄를 채우지 말라.

사막에서 활보할 때의 낙타는 낙타가 가진 속눈썹과 등의 혹과 발굽이 없는 발의 가치를 충분히 발휘할 수 있지만 동물원 철창 속 혹이 달린 낙타는 그저 기이하게 생긴 구경거리일 뿐이다.

마찬가지로 자신을 창살 속에 가두고 구속한다면 내가 가진 재능을 발휘하기보다 많은 사람들로부터 그저 구경거리이고 자신의 단점만 드러내는 사람이 될 뿐이다.

나를 탈출시켜라.

자기 자신을 자유롭게 하는 방법은 스스로 가둬놓은 철창을 거두고, 한계를 짓지 말고 자신을 세상 속에 내어놓는 것이다. 한계라는 철창 안에 있는 나를 탈출시킬 때 비로소 진정한 나를 발견할 수 있고 세상과 대화할 수 있다. 결국 철창 안에서

는 진정한 자신을 발견할 수 없는 것이다. 나를 자유롭게 비상하게끔 할 수 있는 사람은 다른 누구도 아닌 바로 자기 자신이라는 걸 잊어선 안 된다.

누군가 자신의 창살을 거둬 주겠지, 세상이 나를 알아주겠지, 그러면서 세월을 넋 놓고 기다리다 보면 영원히 그 감옥 안에서 벗어날 수 없다. 자기의 재능을 알아보는 사람도 자기 자신이 먼저여야 하고, 그 재능을 세상 속에 펼쳐 보일 사람도 역시 자기 자신뿐이다. 자기 자신만이 나를 해방시킬 수 있는 구원자라는 걸 꼭 명심해야 한다. 우리는 꿈꾸는 동시에 자유를 얻을 수 있다. 자신을 자유롭게 해줄 수 있는 건 한계가 없는 꿈꾸기이다.

05
독수리가 가르쳐주는 삶의 방식

독수리는 몇 년을 살 수 있을까?

강의를 시작하면서 매번 이런 질문을 해보면 10년, 20년, 30년, 50년이란 다양한 대답이 나온다. 하지만 정작 독수리 수명이 70년이란 정답은 쉽사리 나오지 않는다. 독수리가 70년을 산다고 이야기를 하면 대부분의 사람들은 독수리가 의외로 오

래 사는 것에 대해 약간씩은 놀라는 모습들이다.

그런데 독수리가 70년의 수명을 다 살기 위한 생존기가 또한 아주 특이한데, 이 이야기를 하면 역시 많은 사람들은 다시 한 번 놀란다.

독수리는 처음 태어나 40년은 조상으로부터 물려받은 유전자로 편안하게 산다. 그렇게 40년을 살다 보면 부리는 앞쪽으로 휘어져 먹이를 쫄 수 없게 되고, 발톱은 안쪽으로 휘어져 먹이를 잡을 수 없게 되며, 날개는 깃털이 너무 두꺼워져 날갯짓을 하기가 매우 힘들어진다.

몸이 무거워지고 부리와 발톱을 사용할 수 없어지면 생존이 어렵다는 것을 안 독수리들은 선택의 기로에 선다. 그냥 이대로 죽을 것인지 아니면 환골탈태(換骨奪胎)를 할 것인지를 선택해야 한다.

변신의 고통을 감내하기 두려워하는 어리석은 독수리는 그냥 죽게 되지만, 그 중 현명하고 지혜로운 독수리는 엄청난 인내와 고통이 필요한 환골탈태에 들어선다. 환골탈태를 선택한 독수리는 지금껏 살아온 쾌락과 삶의 무게를 짊어진 무거운 깃털로 있는 힘을 다해 땅을 박차고 하늘 높이 솟구쳐 오른다. 그 다음 가장 높은 봉우리를 향해 힘차게 날아가 자리를 잡고 앉는다.

'환골탈태하는 독수리의 승부수

그 높은 봉우리에 앉은 독수리는 세상을 한 번 쭉 둘러보고 다시 절벽 밑을 내려다 본 후 다시 하늘을 올려 본다. 그러고 나선 두 다리에 힘을 주고 두 눈을 꼭 감고 있는 힘을 다해 사정없이 절벽의 바위 돌에 부리를 내리친다. 둔탁한 "탁"소리와 함께 부리는 산산조각이 나고 깨진 부리에서는 붉은 선혈이 쏟아지며 부리가 떨어져 나간다.

그런 다음 독수리는 새로운 부리가 날 때까지 조용히 기다리가다 부리가 다시 나면 새로 난 그 부리로 자신의 구부러진 발톱을 쫀다. 그러면 고통 속에서 솟구치는 선혈이 얼굴에 뿜어나온다. 독수리는 그 선혈을 얼굴로 다 받으면서 하나, 둘씩 발톱을 모두 뽑아 버린다.

드디어 발톱을 다 뽑은 다음에는 다시 발톱이 나길 기다리며 새로운 부리로 이젠 깃털을 뽑기 시작한다. 깃털을 다 뽑은 다음에는 깃털이 새롭게 날 때까지 다시 기다린단다. 부리를 절벽에 부딪쳐 깨뜨리고 깃털이 새롭게 다시 다 날 때까지는 약 150일, 즉 5개월이 걸린다고 한다.

그 5개월 동안 독수리는 아무것도 먹지 않고 부리와 발톱과

깃털이 새롭게 나길 기다렸다가 다시 날기 시작하는 것이다. 그렇게 새롭게 태어난 독수리는 30년을 더 살 수 있어 70년의 수명으로 일생을 마감한다.

누구나 잘못된 습관이 있고 그 결과로 어려운 삶을 사는 사람들이 많이 있다. 순간의 선택이 평생을 좌우한다는 말도 있듯이 우리가 저지르는 사소한 선택이나 습관 때문에 인생의 힘든 문으로 들어가는 경우가 많다. 독수리의 지혜를 빌려 힘들고 어려운 때일수록 환골탈태의 정신을 상기하면서 새롭게 도전해 보는 건 어떨까?

STEP 2

나를 찾는 노력의 끝에서

01
10번의 날갯짓을 더 하자

하늘을 나는 새들은 자신의 몸무게를 가볍게 하기 위해 뼛속을 공기로 채운다. 그래서 뼈의 무게가 몸무게의 4%밖에 되지 않지만, 뼛속이 꽉 찬 뼈보다 구조적으로는 강한 특징이 있다. 또한 소화기관이 짧아서 먹이를 먹으면 금방 몸 밖으로 배출하고 배설강(알을 낳고, 똥과 오줌을 싸는 구멍)이 하나라서

똥과 오줌을 같이 배설한다.

비행기는 새에서 아이디어를 얻어 만들었다고 한다. 갈매기의 날개는 가늘고 길어 날갯짓을 많이 하지 않고도 날아다닐 수 있는 것을 보고, 특별히 추진체가 없어도 오랫동안 하늘을 날 수 있는 글라이더를 만들었다. 또 몸집에 비해 넓은 날개를 가지고 있는 독수리를 보고는 무거운 무기를 싣고 다닐 수 있는 전투기와 폭격기를 고안했다고 한다. 역시 앞뒤로 움직이는 벌새를 보고 헬리콥터를 만들고, 갈매기를 보고 여객기를 만들었단다.

그런데 하늘을 나는 생명체 중에서 몸통에 비해 날개가 너무 작아 과학적으로는 도저히 날 수 없는 구조를 가지고 있는 호박벌 같은 동물이 있다. 그런가 하면, 닭처럼 하늘을 날 수 있는 훌륭한 날개가 있으면서도 하늘을 날지 못하고 땅에서만 생활하는 닭도 있다.

시골에 가면 많이 볼 수 있는 닭을 하느님이 만들면서 이르기를 "닭아! 내가 네게 튼튼한 두 다리와 하늘을 날 수 있는 날개를 줄 테니 너는 하늘을 날고 싶으면 자유롭게 날고 걷고 싶을 때는 땅에서 마음껏 뛰고 걷도록 하여라." 하며 닭에게 독수리만큼 튼튼한 날개를 주었다.

그 말을 들은 닭은 신바람이 나서 튼튼한 날개를 자랑하며

힘차게 하늘을 날아다녔지만 하늘에는 먹을 것도, 가지고 놀 것도 보이지 않았다. 어느 날 하늘을 날던 닭은 하늘을 나는 일이 날갯짓만 하느라 힘만 들고 재미도 없다는 생각을 하게 되었다. 이에 싫증을 느껴 땅으로 내려와 주변을 돌아보니 지천에 먹잇감이 널려 있었다.

주변에 널려 있는 먹잇감을 보고 먹는 데만 충실하다 보니 몸무게는 점점 늘어 가고 날개는 사용하지 않아 날개 근육은 점점 굳어져 날갯짓을 할 수 없어 더 이상은 하늘을 날 수 없게 되었다는 이야기다.

마지막 순간의 노력을 놓치지 마라

또 다른 이야기 하나를 소개하면, 호박벌은 몸에 비해 날개가 너무 작아 구조상 하늘을 날 수 없게 만들어졌다. 그런 호박벌에게 하느님이 이르기를 "호박벌아! 내가 너에게 튼튼한 다리 6개와 예쁜 날개와 화려한 색상의 옷을 주고 너를 공격하는 자가 있으면 혼내줄 수 있는 독침을 줄 테니 편안하게 인간 세상에 내려가 살도록 하라!"면서 호박벌을 만들었다.

호박벌은 하느님의 말씀을 듣고 특별히 주어진 6개의 다리라

생각하고 의기양양(意氣揚揚)하게 걸어가고 있는데 몸집이 큰 닭이 지나가며 호박벌을 짓밟았다. 그러자 호박벌은 소리 한 번 지르지 못하고, 독침 한 번 쓸 수도 없이 그 자리에서 비명 횡사를 당했다.

그 광경을 지켜보고 있던 다른 호박벌이 긴 한숨을 내쉬며 하는 말이 "우리는 독침이 있어도 아무런 소용이 없구나, 몸이 이렇게 작게 만들어져 있어 지나가는 모든 동물들에게 밟혀 죽게 될 수밖에 없는 운명이로구나." 라고 탄식하며 고개를 들어 하늘을 쳐다보는데 독수리가 빙빙 돌면서 날갯짓을 하고 있었다. 하늘을 날고 있는 독수리를 유심히 관찰하던 호박벌은 독수리가 하늘을 나는 것을 발견했다.

호박벌은 저 독수리가 날개가 있어 하늘을 날 수 있다면 하느님이 내게도 날개를 만들어 준 것은 나도 날 수 있다는 암시일 것이라고 생각했다. 그래서 호박벌은 그날부터 열심히 날기 연습을 시작했다.

처음엔 날갯짓이 익숙하지 않던 호박벌은 열심히 노력을 해 보았지만 1초에 60회 정도밖에 날갯짓을 할 수 없었다. 땀을 뻘뻘 흘리면서 열심히 날갯짓을 해도 두 다리는 꿈쩍도 하지 않고 땅에서 떨어질 줄을 몰랐다.

호박벌은 열심히 해도 날 생각조차 하지 않는 것은 날갯짓이

익숙하지 않기 때문이라 생각하고, 있는 힘을 다해 더욱 열심히 노력한 결과 1초에 120회까지 날갯짓을 할 수가 있었다.

우리 모두는 챔피언!

열심히 날갯짓을 해도 날 기미가 보이지 않자 호박벌은 '나는 날 수가 없는 존재인가 보다'라고 생각하며 포기를 하려다가 마지막으로 젖 먹던 힘을 다해 다시 한 번 노력해 보기로 했다. 재도전한 결과 1초에 180회까지 날갯짓을 할 수가 있었다.

그렇지만 몸은 뜨지 않고 날 기미가 보이지 않았다. 젖 먹던 힘까지 다 소진한 호박벌은 더 이상은 할 수 없다고 생각하며 고개를 떨어뜨렸다. 그런데 앞에서 요란하게 붕붕 소리를 내며 날기 연습을 하던 친구의 두 다리가 땅에서 조금씩 들썩거리는 것이 보였다.

너무 반갑고 놀라움에 "야! 넌 몇 번의 날갯짓을 했는데 날 수가 있는 거니?"하고 물었더니 날기 시작한 호박벌은 대답했다.

"으응, 나 190번 날갯짓을 했어."

그 말을 들은 호박벌은 다시 젖 먹던 힘에 죽을힘까지 더해

밤낮 연습을 한 결과 1초에 190번의 날갯짓으로 하늘을 자유롭게 날 수 있었다. 또한 닭에게 밟혀 죽는 공포에서 벗어났다는 이야기다.

　대부분의 사람들은 하늘을 날기 위한 날갯짓을 180번까지는 열심히 노력한다. 그런데 마지막 190번을 위한 10번의 날갯짓을 포기하는 사람들을 볼 때면 너무 안타까울 때가 많다. 호박벌처럼 물려받지 못한 재능을 개발하여 생존의 수단으로 삼는 사람이 있는가 하면, 어떤 사람들은 조상으로부터 물려받은 훌륭한 유전자를 활용하지 않고 닭처럼 퇴화시키면서 살아가는 사람도 있다.

　우리 모두는 챔피언이다. 3억 개의 정자 중 가장 빠르고 똑똑한 정자로 태어나 가장 먼저 난자에 접근해 난자를 취하고 세상에 나온 우리들이다. 다시 말하면 우리는 3억 대 1의 경쟁에서 1등으로 살아남은 챔피언들이다. 챔피언의 정신을 다시 한 번 상기하고 별 같은 정신으로 세상을 향해 힘차게 도전해 보자. 마지막 10번의 날갯짓을 아끼지 말고!

02
스펙은 스스로 쌓아라

　중·고등학생들이 가끔 나에게 '공신(공부의 신)'과 '스신(스펙의 신)' 중 어느 것이 더 중요한가? 하고 묻는 경우가 종종 있다.

　공부는 기본으로 하는 것이고 스펙은 덤으로 하는 것인데 스펙은 스스로 만들어 쌓으라고 하고 싶다. 필자가 예전에 서울

교대에서 중학생 영재학생들 20명을 놓고 20여 시간 강의를 한 일이 있었다. 학생들에게 필요한 것이 정신자세라 싶어 간간이 정신교육과 삶의 자세와 태도를 강조하며 강의를 했다.

그런데 어느 날 뜻밖에도 당시에 강의를 들었던 학생들 14명이 찾아와서 다짜고짜 나에게 자기들의 지도교사가 되어 달라는 것이다. 왜 내가 너희들의 지도교사가 되어야 하는지를 물었더니 학생들의 대답은 다음과 같았다.

"선생님 강의를 듣고 우리는 변하기 시작했습니다. 그래서 남에 의한 스펙이 아니라 스스로 스펙을 만들어 쌓기로 결심하고 우리들끼리 모여 활동을 하고 있습니다."

한 학생이 이렇게 말했다. 그러자 또 다른 학생이 이어서 설명했다.

"우리가 하려는 사업은 〈중학생 발명 나눔〉이라는 것입니다. 이 단체의 활동 목적은 가난한 사람들에게 금전이나 물질로 도와주기보다 발명을 가르쳐 주는 겁니다. 그래서 임시 가난을 면하게 해주는 것이 아니라 영원히 먹고 살 수 있는 방법을 알려주고 있습니다."

나는 계속 고개를 끄덕이며 학생들의 이야기를 듣고 있었다. 당찬 중발연 대표 학생이 덧붙여 설명하기 시작했다.

"우리의 일이 타당하고 가능성이 있는 것인지를 알아보기 위

해 32단계를 거쳐 전에 대통령 영부인이셨던 ○○○님을 찾아가 인터뷰를 했습니다. 그리고 발명○○회와 ○○문화재단을 찾아다니며 도움을 청하다 보니 지도교사의 필요성을 느끼게 되어 선생님을 모시게 됐습니다."

학생들의 생각이 기특하기도 했고 한편으론 당돌하게도 다가왔다. 하지만 하여간 내가 필요하다니 도와줄 수 있을 때 돕자는 생각으로 지도교사가 되겠다고 허락을 했다.

뜻이 있는 곳에 길이 있는 법이다

우리는 매월 1회씩 모이기로 했다. 또 한 달에 2시간씩 내가 강의를 해주기로 했다. 학생들은 스스로 모여 자율적 모임을 갖는 듯했다. 그러던 중 한 번은 필자가 있는 학교로 학생들을 초청한 적이 있었다. 처음 모임을 시작한 학생이 14명이라 나는 그 숫자만큼의 선물을 준비해 기다리고 있었다. 그런데 이게 웬걸. 갑자기 40여명의 학생들이 몰려와 당황했던 기억이 있다. 모임이 승승장구하고 있었나 보다.

학생들을 지도하면서 아이들만의 힘으로는 한계가 있다는 생각이 들 때쯤 전발연(전국대학생발명연합회) 학생들과 멘토 &

멘티로 자매결연을 해줄 수 있는 기회가 찾아왔다. 지난해 12월 27일 양재동 AT센터 빌딩에서 협정식을 체결했다.

내가 학생들의 지도를 위해 만날 때면 학생들에게 창의성을 키우는 과제를 나눠주곤 했다. 예를 들면, 대부도에 오는 바닷길이 왜 직선이 아니고 구불구불한 곡선일까?, 날아가는 하늘을 그려 보라, 앉을 수 있는 물건을 그려 보라, 아바타 영화는 제목을 왜 그렇게 지었을까? 등등의 질문들이다.

또한 중발연 학생들이 부모의 도움 없이 활동을 하기 위해서는 스스로 경제적인 문제를 해결해야 한다는 생각에 활동비를 벌어오라고 시켰다. 그 방법은 세계에서 최고 기부를 잘하는 사람을 찾아 그 사람에게 편지를 쓰고 활동비를 벌어오라고 했다. 세계 최고의 기부천사는 빌게이츠라는 사실을 알려 주면서 그에게 편지를 써보라는 이야기까지 덧붙였다. 학생들은 창의성을 발휘하여 빌 게이츠에게 편지를 썼다.

"우리는 경제적으로 어려운 아프리카의 학생들에게 천 원을 기부하는 것보다 발명을 가르쳐주고자 합니다. 그래서 어린 학생들이 어른이 됐을 때 평생 먹고 살 수 있도록 말입니다. 하지만 활동비가 없습니다. 세계 제일의 기부 천사이고 발명가이신 회장님이 도와주신다면 감사하겠습니다."

이런 내용으로 영어로 편지를 쓰고 전발연 학생들에게 검수를 받았다. 그렇게 4개월 정도 열심히 활동하던 학생들에게 활동비를 지원해 주겠다는 독지가가 나타나 1억 원을 기탁해 왔다. 그리고 학생들의 꿈을 키우는데 보탬이 되었으면 좋겠다는 이야기까지 전해 왔다.

그 돈의 활용 방법을 학생들 스스로 생각하도록 했다. 그 돈으로 제일 먼저 하고 싶은 일이 무엇인지 물어봤다. 학생들은 "우리들의 꿈이 노벨상을 받는 것이니까 제일 먼저 노벨상을 시상하는 곳에 가보고 싶습니다. 그곳에서 발명에 대한 우리의 포부와 우리나라의 발명교육을 전할 수 있었으면 좋겠습니다"라고 말했다.

그래서 학생들의 의견에 따라 카이스트 영재 교육원과 손을 잡고 F사의 도움으로 올해 5월 21일부터 30일까지 스웨덴과 핀란드를 방문했다. 그곳에서 우리 학생들이 우리의 발명 교육 실태를 스웨덴 과학교육원에서 설명하고 대학을 찾아다니며 카이스트 영재교육원에서 하는 일을 소개하면서 발명의 중요성을 역설하고 다녔다.

그리고 학생들이 꿈꿔왔던 노벨상 발표장과 시상식장을 찾아가 학생들이 노벨상을 결정하는 자리에 앉아 미래의 꿈을 꾸고 핀란드와 스웨덴의 학교를 방문하면서 우리나라의 교육과 차이

점을 경험해 보는 시간도 가졌다.

학생들이 스웨덴 핀란드를 다녀온 뒤의 모습을 보면 많이 성장해 있는 느낌이다. 지금은 그 단체에서 여러 가지 사정으로 빠졌지만 학생들은 아직도 열정을 가지고 활동 중이다. 학생들 스스로 자신의 활동 내력을 철저하게 포트폴리오로 만들어 스스로의 스펙을 만들어 기록해 나가는 모습을 보면서 우리의 장래가 밝다는 생각을 해본다.

03
습관이 사람을 만든다

삶에 지치고 내 자신의 일에 바쁘다는 핑계로 오랜만에 동창
회에 나갔다. 서로가 지지 않으려는 듯 자신의 자랑을 늘어놓
기도 하고 자식 자랑들을 하며 이야기들이 한참이다. 그 많은
동창 중에 조금은 남과 다른 독특한 삶을 산 '송주완'이란 동
창의 이야기를 해볼까 한다.

　이 친구는 학창 시절에 그저 순진하고 성실하기는 했으나 공부를 썩 잘하지는 못했다. 말수는 적었지만, 친구들의 놀림에도 아랑곳하지 않고 남이 버린 휴지까지 줍고 궂은일을 항상 혼자서 맡아하곤 했다.

　그 친구의 봉사활동은 하루, 이틀로 끝난 것이 아니라 입학과 동시에 시작해 2년이 넘도록 끊임없이 이어졌다. 그러자 선생님들 사이에도 알려져 학생의 날(11.3) 기념식에서 그 친구는 문교부장관 표창(현재 교육부장관)까지 받았다.

　시간이 흘러 학교를 졸업할 때가 되었다. 우리는 대학입학 시험을 치렀다. 그 시험 결과는 우리들에게 기쁨과 슬픔을 함께 가져다주는 판결문이 되었다. 대학 시험에 합격한 친구는 어깨에 힘을 주며 거들먹거렸고 대학시험에 떨어진 친구들은 기가 죽어 어디론가 사라져 졸업식 때까지 나타나지 않았다. 언제나 궂은일을 도맡아 하며 가장 성실했던 친구 주완이는 불행히도 대학시험에 떨어졌다. 그 친구 역시 판결문(합격자 발표)이 낭독된 뒤에는 우리들 앞에서 소리 없이 종적을 감추었다.

　세월이 한참 흐른 뒤 동창들에게서 그 친구에 관한 소문이 들려왔다. 이 친구가 대학시험에 떨어진 후 진학을 포기하고 공무원 시험에 응시했다는 것이다. 학창시절에 받았던 문교부장관 표창장을 응시원서에 첨부해 서류를 제출했고, 그 결과 5

급 공무원(현재 9급 공무원) 시험에 합격할 수 있었다고 한다.

승리의 여신은 좋은 습관의 손을 들어 준다

공무원시험에 합격한 이 친구는 조달청에 발령 받았고, 평소 습관처럼 제일 먼저 출근하고 제일 늦게 퇴근하곤 했다. 매일 출퇴근 때 정리정돈은 물론 점심시간에도 다른 직원들이 점심을 먹으러 갈 때 소등과 뒷정리까지 맡아 모범을 보이는 직장생활을 했다. 이 친구는 성실함이 벌써 몸에 배어 있었던 것이다. 다들 처음에는 신입사원이라 그렇겠지 하는 식으로 받아들이던 것이 1년, 2년이 지나도 그 생활에 변함이 없자 이 친구를 다른 시각으로 바라보게 되었다.

사내에 이런 사실이 알려지면서 조달청에 모범 공무원 표창 계획이 내려오면 우선적으로 모든 상이 이 친구에게 집중됐다. 그렇게 표창을 많이 받다 보니 남들보다 승진도 빨라 어느새 사무관을 지나 서기관이 되어 친구들 앞에 나타났던 것이다.

지금도 이 친구는 말이 없고 조용하면서 남들이 하기 싫어하는 일들에 앞장서는 습관이 있다. 그런 친구의 모습을 보면서 좋은 생활 습관이 사람을 만들고, 지위도 만든다는 사실을 새

삼 깨달았다.

　좋은 습관은 사람에게 훌륭한 옷을 입혀 준다. 반면 나쁜 습관은 우리에게 볼품없는 옷을 입힌다. 대학에 합격했다고 거들먹거리는 한 순간은 긴 마라톤 같은 인생에서는 무의미하다는 것을 알 수 있다. 평생 몸에 밴 성실한 습관이 오히려 사람의 인생을 좌우한다. 실패했다고 좌절할 필요도 없고, 한순간의 성공에 축배를 들 필요도 없다. 인생이란 좋은 습관을 꾸준히 유지하는 것만이 진정한 승리의 월계관을 안겨주는 것이다. 결국 우리에게 중요한 것은 바른 습관이 아닐까?

04
변화를 친구로 삼자

　태도 변화에 대한 강의를 하면서 첫 번째 화면에 띄워주는 단어가 Change(변화)라는 단어다. 같은 화면에 'Change' 단어 중 'g'자만 붉은 색으로 표시를 했다가 'Change'를 'Chance'로 바꾸면서 'c'자만 다시 붉은 색으로 바꿔준다.

　'Change → Chance'

변화는 기회를 창출한다.

부동산 투기가 한참 심했던 80, 90년 대 쯤에 있었던 필자의 지인들 이야기를 해볼까 한다. 지인 중 한 사람은 은행에서 돈을 빌려 1년에도 몇 번씩 집을 사고팔기를 반복하여 지금은 엄청난 부를 창출했다. 또 다른 한 사람은 부모로부터 물려받은 깔끔하고 깨끗한 집에 만족하며 30여 년 동안 한 번도 이사를 하지 않았다. 오로지 그 집만을 고집하고 지키며 산 결과 새집으로 물려받았던 그 집이 이제는 재건축을 들먹이게 하는 허름한 건물이 되고 말았다.

이처럼 표면적으로 드러나는 변화에 대한 기회는 알게 모르게 우리에게 찾아온다. 너무 속물적인 예일 수도 있지만, 가장 흔히 접하는 현실 중 한 가지이다.

필자가 40대 중반 경의 이야기이다. 서울대학교를 졸업하고 우리나라 굴지의 기업에 취직해 있는 중학교 3학년 때의 제자가 찾아와 주례를 서달라고 부탁을 했다. 나이도 젊고 경륜도 적고 주례를 볼 만큼 인품을 쌓은 것도 없으니 주변에 더 훌륭한 분들을 찾아 부탁해 보라고 권했다. 그러나 자신이 서울대학교에 들어간 동기가 중학교 졸업식 날 감명 깊게 들었던 담임선생님 훈화란다. 그때부터 변화를 시작했고, 그것이 오늘의 자신을 만들었다며 막무가내로 주례를 부탁했다.

이 제자는 중학교 때에는 뛰어난 성적은 아니었지만 고등학교 진학 후 변화를 시작해 열심히 공부를 한 결과 자신이 목표했던 서울대에 입학한 케이스이다. 더군다나 졸업 후 대기업에도 쉽사리 취업한 것이다. 어떤 계기로 변화를 시작하든 결과는 반드시 나타난다. 긍정적으로 변화를 시도했다면 자신의 운명을 긍정적으로 변화시킬 기회를 잡은 것이다.

5S에 대한 이야기

자신을 변화시키기 위해서는 먼저 태도의 변화가 있어야 한다. 그 올바른 태도를 '다섯 가지 S'로 설명한 경향신문 부국장 겸 선임기자인 유인경 기자의 5S에 대한 이야기를 중심으로 풀어 보자.

첫 번째 S는 Sorry다.

사람들은 자신의 잘못에 대해 진심으로 사과할 줄 알아야 한다. 그런데 정작 사과해야 할 사람들이 목청을 높이면서 하

는 이야기가 이렇다.

"미안해요."

"왜요? 미안하다고 했으면 됐잖아요."

"미안하다고 했잖아요."

"뭐가 문제냐고요."

"미안하다니까요?"

이렇듯 적반하장으로 화난 목소리로 큰소리를 치면서 미안하다고 했는데 무엇이 잘못이냐며 따지듯 달려드는 사람들이 있다. 미안함을 나타낼 때는 진정 미안한 마음을 담아 미안하다고 해야 그 말의 진정성이 전달된다.

일본인들은 다른 나라사람들에 비해 세계에서 친절하다는 평가를 받는다고 한다. 그러나 그들은 친절하기보다 약자에게 강하고 강자에게 약해 조금은 비굴하기까지 하다. 그런데 어떻게 그들이 친절하다는 평가를 받을까?

우리는 자신의 앞에 있는 사람의 목소리 톤에 따라 기분이 많이 달라진다. 예를 들어 보면 직장에서 상사에게 결재를 맡으러 갈 때 상사가 무게를 잡고 저음인 "미"톤으로

"이게 뭡니까?"

"여기 숫자도 틀렸잖아요?"

"결재 서류를 이렇게 밖에 작성 못하겠어요?"

"이것도 잘못되지 않았습니까?" 등의 이야기를 한다면 기분이 매우 상해서 다시는 그 상사와 이야기를 하고 싶지 않고 그 부서를 떠나고 싶은 마음뿐일 것이다. 그런데 같은 상사라도 목소리의 톤을 약간 높여 "솔" 톤으로 이야기하면서

"아니, 결재를 직접 가지고 오셨습니까? 쿨 메신저로 보내도 되는데 고맙군요."

"바쁘신 것 같은데 너무 무리하지 마시고 몸 생각하면서 쉬어가며 하세요."

"오늘은 기왕 오셨으니 이리 와서 차나 한 잔 하고 좀 쉬었다 가세요." 라고 한다면 기분이 어떨까?

목소리의 톤도 악보의 "미" 톤보다 약간 높은 "솔" 톤으로 이야기를 하는 것이 더 친절하게 들린다고 한다.

일제 강점기에 그렇게 많은 악행을 저지르고도 뻔뻔하게 고개를 숙일 줄도 모르고 사과할 줄도 모르는 일본인들이 이야기를 나눌 때 목소리를 들어보면, 그들의 목소리 톤이 "하이, 소데스까?" 하는 식의 "솔"톤으로 이야기하는 것을 들을 수 있다. 그렇게 "솔"톤으로 이야기하는 습관 때문에 그들이 친절한 것으로 착각을 하게 만든다고 한다.

많은 나라에서는 미안하다는 말을 자주 사용하는데 우리나라 사람들만 유독 그 말을 사용하는데 인색하다고 한다. 속으

로는 냉정하면서 표면적으로만 친절한 일본 사람들은 지하철에서 발이 밟히면 밟힌 사람이 오히려 스미마셍(미안합니다)을 외치는데 우리나라 사람들은 지나가다 서로 부딪치면 "뭐야, 이 자식, 넌 눈이 있어 없어. 왜 째려봐!" 하는 식의 도전적인 이야기가 건네진다.

"미"톤보다 "솔"톤이 낫지만 "시"톤은 화난 음성으로 서로를 더 불편하게 한다. 진정한 Sorry는 마음으로부터 우러나는 미안함을 몸과 입으로 표현하는 것이다.

두 번째 S "Simple"

두 번째 S는 "Simple"이다.

우리가 산에서 길을 잃었다면 어떻게 하는가?

방향을 찾기 위해 낮이면 나침반을 찾을 것이고 밤이면 북극성을 찾을 것이다. 그것으로 정북의 방향을 찾고 나갈 방향을 정한다.

여러분은 회사에 왜 다니는가?

여러분에게 아무런 보상도 없이 국가와 민족과 학생을 위해 학교에 나가라고 한다면 나갈 수 있을까? 진정 교사들이 학교에 나가는 목적이 무엇 때문일까? 월급을 주지 않고 봉사만을 위해 나오라고 한다면 과연 몇 분이나 학교에 나올 수 있을까?

　단순하게 우리가 학교에 나가는 목적을 잘 생각한다면 학교에서 골머리를 앓고 있는 문제아라고 불리는 학생들을 바라보는 눈이 달라질 수 있을 것이다. 문제 학생들이 있기에 우리가 더 필요하고 그 학생 덕에 월급을 받는다고 생각한다면 문제 학생에게 우리는 더 따뜻해질 수 있다.

　필자가 수업시간에 학생들에게 어머니가 제일 싫을 때가 언제냐고 물어 볼 때가 있다. 그럴 경우 대부분의 학생들은 어머니가 간섭할 때라고 답한다. 자신의 방에 청소를 해준다며 들어와 이것저것 참견하는 경우 싫다고 한다.

　"왜 책상 위 책은 정리하지 않니?"

　"침대 위의 옷은 뭐야?"

　"이불은 왜 개키지 않느냐?"

　"방바닥에 휴지는 왜 마구 버리는 거야?"

　"너는 손이 없니? 발이 없니?"

　등의 잔소리를 하면 학생들은 속으로 누가 청소해 달랬느냐며 볼멘소리를 한단다. 청소를 해주려고 들어갔으면 청소만 해주면 되는 것이다. 괜히 처음의 목적을 망각하고 이것저것 참견하다간 자녀들과의 관계만 나빠진다. 우리는 삶에서 단순함의 미학을 실천해야 한다. 지나치게 많은 것을 생각하다가는 오히려 그 일을 그르치는 경우가 있다는 걸 기억해야 할 것이다.

세 번째 S "Surprise"

Surprise!

세 번째 S는 "Surprise"이다.

학교에서 수업할 때 선생님의 눈에 제일 예쁜 학생은 누구일까?

얼굴 예쁜 학생? 공부 잘하는 학생? 잘 노는 학생? 그런 학생들이 아니라 수업 태도가 바른 학생이다. 선생님 말씀을 잘 듣고 질문에 대답을 잘하며 고개를 끄덕이면서 눈빛을 교환하는 학생이 제일 예쁘고 사랑스럽다.

인류 역사상 가장 넓은 영토를 소유했던 사람은 칭기즈칸이다. 그는 불우한 가정환경에서 태어나 학교를 다닐 수 없었고 그로 인해 글을 읽을 줄도 쓸 줄도 모르는 문맹자였다. 그런 그가 세계를 정복하고 가장 넓은 영토를 차지할 수 있었던 이

유는 무엇이었을까. 그가 평소에 하는 지혜로운 말 속에 있었다. 그의 현명함에 감탄하여 참모들은 어느 스승에게 그런 지혜를 배웠느냐고 물으면 그는 서슴없이 "나를 성장시키고 가르친 스승은 바로 나의 귀이다."라고 대답했다. 칭기즈칸은 부하들이나 참모들이 이야기를 할 때도 끝까지 다 들어 주고 그 후에야 자신의 이야기를 하는 지도자였다고 한다.

우리나라에서 국민 MC라고 하는 유재석씨나 강호동씨가 사회를 맡을 때도 비슷한 모습을 볼 수 있다. 그들의 공통점은 상대가 이야기할 때 고개를 끄덕여 주고, 잘 웃어 주며 공감한다는 것이다. 유재석씨나 강호동씨가 학벌이 좋거나 얼굴이 잘 생겼거나 아는 것이 많아 우리나라 최고의 MC가 된 것이 아니다. 상대방의 말에 공감하며 들어 주는 능력이 뛰어났기 때문이다. 우리가 성공하기 위한 태도도 바로 상대방 이야기에 귀 기울이는 것이라는 걸 꼭 기억해야 할 것이다.

네 번째 S "Sweet"

네 번째 S는 "Sweet"이다.

UN과 우리나라 대학생들이 MOU를 체결하여 우리나라 대학생들 중 UN에서 6개월씩 인턴과정을 수료하고 돌아오는 학생들이 많이 있다. 그 학생들 중에는 경희대학교 장안나라는 학생도 포함되었다.

장안나 학생이 6개월 동안의 인턴과정을 마치고 귀국하려 할 때쯤 UN 사무처 직원이 UN에 지원 서류를 내보라고 했다. 참고로 UN은 세계를 관광하면서 근무할 수 있고 근무 조건도 좋아 전세계에 유능한 젊은이들이 줄을 서서 기다리는 곳이다. 그러나 장안나 학생은 입사에 필요한 별다른 스펙도 없고,

아무런 준비도 하지 못해 지원 서류를 내라는 말에 깜짝 놀랐다고 한다.

장안나 학생은 망설이다가 서류를 내고 면접을 보았다. 그런데 바로 합격이란다. 한편으로는 뛸 듯이 기쁘면서도 또 다른 한편으로는 의아해 면접관에게 물어 보았다고 한다.

"왜, 저를 뽑았습니까?"

그러자 면접관 이야기는 다음과 같았다.

"내가 당신을 6개월 동안 지켜봤는데 언제나 우리 곁을 지날 때면 웃어주고, 누가 불러도 웃으면서 뛰어 왔으며, 힘들어 하는 사람 옆에는 항상 당신이 있었습니다. 그 사람들을 위로해주고 도와주는 모습이 매우 인상적이었습니다. 만약에 누군가 당신과 함께 고장이 난 엘리베이터에 갇힌다면 그 사람은 당신 덕분에 편안한 마음으로 구조를 기다릴 수 있을 것입니다. 우리는 똑똑하고 실력 있는 사람도 필요하지만 당신처럼 따뜻하고 남을 편안하게 해주는 사람도 원합니다. 우리 UN에는 당신 같은 사람이 꼭 필요합니다."

이 이야기와 마찬가지로 학교에서도 학생들이 정말 원하는 선생님은 실력보다는 따뜻함을 가진 부드러운 스승이다. 학생들의 고민을 털어놓을 수 있는 편안함과 함께 걱정해주는 따뜻함을 갖춘 선생님을 더 좋아하고 따른다는 것을 우리는 반드

세상과 만나는 지혜

시 기억해야 할 것이다.

Sweet는 "재능은 머리에 남고 배려는 가슴에 남는다."는 이야기처럼 남을 배려하는 마음과 잘 어울리는 이야기가 아닐까.

다섯 번째 S "Smile"

마지막으로 다섯 번째 S는 우리가 기대하고 있는 "Smile"이다.

웃는 얼굴에 침 못 뱉는다는 말처럼 웃음은 사람의 마음을 편안하게 한다. 그런데 그 웃음의 종류는 다양하다.

다섯 번째에서 이야기하는 웃음의 Smile은 긍정의 웃음을

말한다. 선생님께 야단을 맞고 입이 나와 말도 하지 않고 뾰로통한 학생보다 선생님께 잘못을 빌고 환하게 웃으며 다가오는 학생이 얼마나 맑고 예쁜가?

우리는 상대를 이해한다고 할 때 Understand라는 말을 자주 쓴다. '이해한다'의 Understander라는 말은 'Under +Stand'의 합성어로 상대보다 낮은 위치에 선다는 뜻이다. 상대를 이해하기 위해서는 상대보다 더 낮은 위치, 즉 더 힘든 위치에 설 수 있을 때 타인을 이해할 수 있다는 말이다.

갑의 입장에서가 아니라 을의 입장에 서서 상대를 이해하고 미소 지을 수 있을 때 그 미소가 진정한 미소는 아닐런지. 저 깊은 마음의 밑바닥에서부터 우러나오는 긍정의 미소를 지을 수 있는 사람이 우리를 바른 태도로 안내할 것이다.

사람을 만난다는 것은 새로운 변화(Change)의 시작임에 틀림없다. 그 변화가 시발점이 되어 우리에게 기회(Chance)로 다가온다.

우리에게 다가오는 기회는 어떤 의미일까?

올바른 태도를 갖고 다가오는 변화를 준비하여 그 기회를 놓치지 말자.

81

05
잘못된 과거와는 이별을 하라

영화 〈127시간〉의 실제 인물 아론 랠스톤, 유타 주에 위치한 블루 존 캐년을 등반하던 중 불의의 사고로 절벽사이로 떨어지면서 하필이면 바윗돌 사이에 팔이 끼게 되었다.

당황한 아론 랠스톤은 팔을 빼려고 몸부림치지만 팔은 빠질 생각을 하지 않고 요지부동이다. "Help me! Help me!"를 목이 쉬도록 외쳐 보지만 동굴 속에 갇혀 있는 아론 랠스톤의 목

소리는 아무런 대답 없이 메아리로 돌아와 귓전을 울릴 뿐이었다.

아무것도 할 수 없는 아론 랠스톤은 간절한 기도로 구조를 기다리며 5일(127시간)을 버텼다. 그러나 더 이상 구조를 기다릴 수 없다는 걸 깨달았다. 버틸 힘도 없고 살려 달라는 목소리도 나오지 않았다. 추위와 굶주림으로 몸에서 힘은 점점 빠져나가고 죽음에 대한 공포가 엄습해 왔다.

차라리 벼랑에서 떨어질 때 어딘가 부러지기나 했더라면 아픔을 참아가며 몸을 움직일 수가 있었을 텐데⋯⋯. 팔이 바윗돌 사이에 끼어 탈출할 수도, 꼼짝할 수도 없었다. 그저 살려 달라고만 외칠 뿐이었다.

아론 랠스톤은 다시 갈등에 빠졌다. 어떻게 해야 이 위기에서 빠져나갈 수 있을까? 어찌해야 살아날 수 있을까? 다시 젖먹던 힘까지 다해 살려 달라고 고함을 질러보지만 여전히 메아리만 돌아올 뿐이었다.

한참 동안 하늘을 바라보고 눈물만 흘리던 아론 랠스톤은 머리를 숙이고 두 눈을 감은 채 간절히 기도만을 계속 중얼거렸다.

"주님! 살려 주십시오."

"어찌해야 할까요?"

"제게 힘을 주세요."

"제발 살려 주십시오."

"앞으로 착하게 열심히 살겠습니다."

"살려 주세요!"

낡은 습관에 끌려 다니면 패가망신한다

한동안 고개를 숙이고 간절히 기도를 하던 아론 랠스톤은 "What shall I do."를 중얼거리며 기도를 마쳤다. 곧 주머니 속에서 무엇인가를 한참 동안 만지작거리다가 바윗돌 사이에 낀 팔의 옷을 걷어 올리기 시작했다. 옷을 찢어 팔뚝을 있는 힘껏 묶는 아론 랠스톤의 두 눈에서는 굵은 눈물이 흐르고 있었다.

그는 주머니 속의 작은 등산용 칼을 꺼내 한참을 응시했다. 그리곤 두 눈에서 속절없이 흐르는 굵은 눈물방울은 아랑곳하지 않은 채 "이얍"하는 기합 소리와 함께 등산용 칼로 팔을 찔렀다. 칼에 찔린 팔에서는 검붉은 핏방울이 뚝뚝 떨어진다.

팔뚝을 찌르고 벨 때마다 꽉 다문 입술 사이로 새어 나오는 신음소리까지 참는 모습은 숭고함으로 보인다. 팔뚝을 꽉 묶은 탓인지 칼로 팔을 자르는데도 피는 그다지 나오지 않았다. 칼

질을 한 지 얼마 지나지 않아 팔뚝의 살은 너덜너덜 떨어지며 살 속의 하얀 뼈를 드러냈다.

잠시 숨을 고르던 아론 랠스톤은 다시 연필 깎듯이 팔뚝의 뼈를 자르기 시작했다. 얼굴은 금세 땀과 눈물로 범벅이 되었다. 그렇게 팔을 깎아내기 시작한지 3시간쯤 흘렀을까……. 바위 돌에 낀 팔과 몸통의 팔이 드디어 분리됐다.

오늘날 아론 랠스톤은 자기 팔뚝을 자르는 극한의 고통을 이겨내고 아름다운 아내와 함께 행복하게 살고 있다. 잘려 나간 자신의 팔을 자랑스럽게 생각하면서 말이다. 그에게는 한쪽 팔이 없는 그 고통의 자국이 인생의 최대 시련을 이겨낸 훈장과도 같다.

우리는 주변에서 자신의 잘못된 습관을 버리지 못해 패가망신을 하는 사람을 많이 봐왔다. 나를 묶이 놓은 잘못된 습관의 끈을 끊을 수 있어야 자유로운 인생을 쟁취할 수 있다. 아론 랠스톤은 팔을 자르는 고통이 있었기에 새로운 삶을 얻어낼 수 있지 않았을까.

익숙해진 낡고 잘못된 습관을 바꾸는 것은 쉬운 일이 아니다. 나에게 좋지 않은 습관을 버리는 것은 팔뚝을 잘라내는 아픔만큼 힘들 수도 있다. 그래서 많은 사람들이 그 고통을 감내하지 못하고 낡은 습관에 끌려 다니다 인생을 망치는 것이다.

자신의 앞날에 먹구름을 끼게 하는 습관을 바꾸기가 힘들 때
아론 랠스톤의 용기를 생각해 보면 어떨까?

세상과 만나는 지혜

STEP 02. 나를 찾는 노력의 끝에서

STEP 3

내 인생의 터닝 포인트

01
내 인생의 전환점

딩동! 딩동!

"여보! 문 좀 열어줘요."

집안에선 인기척이 없다. 아무 대답도 들려오지 않는다. 방학

기간에 연락도 없이 바둑을 두고 3일 만에 집으로 돌아와 문

을 열어달라니 쉽게 문을 열어 줄 리가 만무하다. 내가 생각해도 너무 했다는 생각이 든다.

　내가 처음 다닌 직장은 접착제를 연구하는 연구소였다. 연구소에서 근무하면서 지독한 냄새를 계속해서 맡으며 오랫동안 근무한다면 건강을 해칠 수 있다는 생각이 들어 연구소를 그만두었다. 그 후 학교에서 학생들과 함께 잠깐 머물며 다음 사업을 구상하겠다고 생각하고 내려온 것이 가르치는 일이 좋아 평생 학교에 남게 되었다.

　1980년대 초의 학교생활은 지금과 달리 다람쥐 쳇바퀴처럼 단순한 생활의 반복이었다. 특히 중등학교에서는 교육과정이 변하지 않아 같은 과목으로 늘 같은 내용만 가르쳤다. 그러다 보니 3년 정도만 지나면 교과서를 다 암기하여 교재연구를 하지 않아도 가르치는 데 별로 문제가 없었다. 하루가 다르게 급변하는 요즘의 교육 현장과는 사뭇 다른 무료한 일상이었다.

　교사 생활 초기에 집과 거리가 있던 나는 출퇴근을 쉽게 하기 위해 학교 인근에서 혼자 생활하고 있었다. 그러다 보니 매일 학교에서 퇴근시간만 다가오면 동료 교사들과 재미있게 놀 일이 없을까를 궁리했다.

　그러면서 어느새 잡기에 깊이 빠져 들었다. 특히 잡기 중에서 가장 좋아했던 것은 바둑이었고, 아내와 결혼 후에도 그 생활

은 지속되었다. 바둑의 호적수를 만나면 시간 가는 줄 모르고 밤을 새곤 했다.

그러던 중 여름 방학에 학교 근무가 있던 어느 날이었다. 일을 다 마치고 무료한 일상을 탈출할 좋은 방법이 없을까, 라는 생각을 하면서 교문을 나설 때 가끔씩 내기 바둑을 두던 호적수를 맞닥뜨렸다. 당시에 나는 바둑의 급수가 조금 높아 제대로 된 바둑 상대를 만나기가 쉽지 않던 터였다. 하지만 오늘은 이렇게 우연히 만났으니 이게 웬 축복인가 싶었다.

둘은 누가 먼저랄 것도 없이 숙직실로 들어가 내기 바둑을 두기 시작했다. 밥 먹는 것도 잊었다. 결국 2박 3일 동안 바둑을 둔 것이 오늘 같은 사단을 낸 것이다. 집 앞에서 문을 열어 달라고 아무리 사정을 하고 두들겨도 아무런 인기척도 없더니, 우여곡절 끝에 겨우 아내가 문을 열어 준다. 하지만 집안에 들어서며 아내에게서는 싸늘한 냉기류가 흐르는 걸 감지했다. 아내는 화가 난 걸 간신히 억누르며 쏘는 듯한 세찬 목소리로 외친다.

"말없이 외박하는 사람은 필요 없으니 당장 나가요. 난 당신 같은 남자와는 한 집에 살 수 없단 말이에요!"

아내는 나에게 다시는 들어오지 말라며 문 밖으로 밀어 낸다. 지금 밖으로 나간다면 아마 다시 들어오기가 힘들겠다는

생각에 그 순간을 모면하기 위해 베란다로 나가버렸다. 그러자 아내는 거실 문을 아예 잠가버렸고, 나는 베란다에 앉아 잠시 생각을 하겠다는 것이 깊은 잠에 빠져버렸다. 2박 3일 동안의 바둑 강행군(?)으로 쏟아지는 잠을 주체하지 못했던 것이다.

베란다에서 맞닥뜨린 내 인생의 좌표

2박 3일 동안 잠을 자지 않았을 때 증상은 가만히 앉아만 있어도 얼굴에 진땀이 흐른다. 그리고 어디서든 그저 자고 싶은 생각뿐이고 잠깐만 시간이 있어도 그냥 잠들어 버린다. 바둑을 두느라 2박 3일 동안 한 숨도 못 잤으니 나도 모르게 그냥 베란다에 널브러져 잠이 들었던 것이다.

베란다로 쫓겨나와 잠을 자기 시작한 것이 아침이었는데 눈을 떠 보니 땅거미가 지고 있었다. 정신없이 베란다에서 자고 난 자신을 돌아보니 허탈한 웃음이 난다. 잠에서 깬 뒤에 정신이 번쩍 들었다. 3일 동안 집에 돌아오지 않는 남편을 걱정했을 아내에게 미안해졌다. 집안에는 불도 켜져 있지 않고 인기척도 없다.

금방 문을 열고 들어가기도 그렇고 해서 편안한 마음으로 누

워 천장을 보고 있었다. 가만히 들어 보니 위층에서 아기 웃음 소리를 시작으로 온가족의 웃음꽃이 계속 이어진다. 또 옆집에 서는 피아노 소리와 함께 노래 소리가 들린다. 이뿐이 아니다. 아래층에서는 아기의 울음소리가 들리고 또 다른 옆집에서는 싸우는 소리가 들린다.

순간 위층, 옆집, 아래층 모두 우리 집과 구조가 같고 가족 구성원도 아빠, 엄마, 아들, 딸 모두 같은데 삶의 색깔은 왜 노 란색, 분홍색, 파란색, 검은색으로 다른 색깔이 날까, 하는 의 문이 들었다.

그리고 문득 과연 우리 집 색깔은 무슨 색일까? 하는 생각도 스치고 지나갔다. 베란다 창문 너머로 불 꺼진 집안의 어둠이 검은 먹구름처럼 내 가슴을 답답하게 채우고 들어온다. 빛이라 곤 하나도 보이지가 않고 깊은 어둠의 장막이 집안을 가득 채 우고 있다.

'누구 때문일까? 우리 가정의 이 검은 색깔은 누구 탓일 까……'

여기까지 생각이 다다르자 난 고개를 아래로 떨어뜨릴 수밖 에 없었다. 모두가 다 내 탓이라는 생각이 들었다. 모든 책임은 나에게 있고 내가 변하지 않는다면 우리 집의 색깔은 앞으로도 여전히 검은 색이겠지. 이 사건은 남은 방학 기간 동안 나 자신

을 성찰할 수 있는 계기가 되었다.

'나의 꿈은 무엇일까. 과연 내 삶의 목적은? 그리고 왜 난 이렇게 가정에 최선을 다하지도 못하면서 결혼을 한 걸까? 또 내가 잘할 수 있는 것은 무엇일까?······' 꼬리에 꼬리를 문 질문들이 마음속에서 피어올랐다. 이렇듯 아직까지 인생의 좌표를 설정하지 못하고 있던 스스로를 책망하며 방학 내내 고민하던 나는 드디어 개학을 맞이했다.

발명의 세계에 눈 뜨다!

개학이 되어 학교에 와서도 여전히 머릿속은 아직도 정리되지 않아 복잡하고 혼란스러웠다. 그러나 이런 어수선한 내 심리 상태와는 달리 책상 위에는 처리해야 할 일거리가 가득 놓여 있었다. 방학 동안 왔던 공문들도 모두 검토를 해야 했다. 그 공문들을 이것저것 정리하다 보니 특허청 『발명 연수생 모집』이라는 제목 하나가 눈에 들어왔다.

그 순간 공문에 있는 '발명'이라는 말이 왠지 낯설지 않았다. 그 특별한 느낌에 이끌려 발명 연수를 가기로 결심했고, 특허청에서 실시하는 15시간의 발명 연수에 참가하게 되었다.

그때 연수 과정 중 수업을 받았던 내용들은 재미있었다. 하지만 당시에 금상, 은상, 동상을 받은 사람들의 작품 모두가 볼품이 없어 보였는데 대상, 금상을 받은 사람들은 유럽으로 연수를 보내주고, 은상, 동상을 받은 사람은 미국으로 연수를 보내준다는 말이 나를 유혹했다. 당시만 해도 해외를 나가기가 그렇게 쉽지 않은 때라 해외 연수는 아주 매력이 있고 구미가 당기는 미끼였다.

특히 동상 작품 중 손잡이의 길이 조절 빗자루를 보는 순간 나도 저 정도는 할 수 있겠다는 자신감이 생겼다. 그리하여 용기백배한 마음으로 연수를 모두 마치고 돌아왔다. 그 이후부터 발명에 깊이 빠져 생활하게 된 나는 1,000여점의 발명품을 학생들과 함께 만들었고 해외 연수 갈 기회도 많이 얻었다. 결국 특허도 80여개를 출원 등록하면서 지금까지 발명 생활을 쭉 계속해오고 있다.

돌이켜보면 2박 3일 동안 바둑을 하느라 외박을 한 것은 내 인생의 전환점이 되어버린 셈이다. 그때 베란다에서의 사색이 내 삶의 새로운 자극제인 발명으로 이끌게 되었고 지금은 발명과 함께 매일매일 즐겁게 생활하고 있다.

자신이 무엇을 잘할 수 있는지 찾아보자. 좋아하는 것보다 잘할 수 있는 것에 먼저 도전해 보는 게 좋다. 좋아하는 것과

잘하는 것은 분명히 다르다는 그 사실을 잊지 말아야 한다. 잘하는 것으로 나를 세운 다음 좋아하는 일에 도전하라. 실패하는 것은 다음 성공을 위한 준비라는 말도 있지 않은가.

지금 그대의 삶이 만족스럽지 않다면 인생의 터닝 포인트(Turning Point)를 찾아라. 그건 그리 멀리 있는 것이 아니다. 다만 자기 주변을 좀 더 새로운 시선으로 바라만 보더라도 쉽사리 찾을 수 있을 것이다.

02
'머피의 법칙' NO!,
'샐리의 법칙' YES!

　　나의 고향은 인삼의 고장 충남 금산이다. 어려서부터 주변에
서 많이 보고 자란 것 중 하나가 인삼과 인삼밭이다. 인삼은
어른들에게는 중요한 경제 수단의 원천이지만 아이들에게는

주전부리를 사먹을 수 있는 생활의 활력소 같은 것이었다. 따라서 여름 방학 때만 되면 인삼밭에는 많은 아이들이 쇠스랑이나 호미에 바가지 하나씩을 들고 나타나 이삭을 줍느라 야단들이었다. 이삭을 주워 엿이나 아이스께끼(얼음과자)와 바꿔 먹으며 친구들의 부러움을 샀고, 엿을 많이 사면 밀가루 속에 묻어 두고 먹었던 기억이 있다.

인삼밭에는 인삼을 캘 때쯤이면 누구나 다 들어갈 수 있지만 인삼을 캐기 전에는 울타리가 쳐져 있었다. 주인의 허락을 받지 않으면 그 누구도 들어갈 수 없었다. 특히 여성들이 인삼밭에 들어가면 재수가 없고 부정을 탄다고 들어가는 것이 금기시되었다.

그리고 보면 지금은 대부분 사라졌지만 우리 사회에는 성차별적으로 금기시 했던 일들이 많이 있었다. 택시 기사들이 아침 일찍 일을 시작할 때 첫 손님으로 여성을 받는다든가, 출근 길에 유리를 밟든가 하는 경우에는 일진이 좋지 않아 사고가 날 수 있다고 생각해 발길을 되돌려 곧장 집으로 오는 경우도 있었다.

또한, 구정부터 정월 대보름날까지는 아침이면 어머니의 당부가 있었다. 절대 아침 일찍 여자가 남의 집을 제일 먼저 들어가거나 대문을 두들기지 말라는 것이다. 만일 여자가 문을 두드

리면 그 집안에 일 년 동안 재수가 없어지니 욕을 질펀하게 얻어먹을 생각이 아니라면 절대 가지 말라는 이야기를 누나와 여동생에게 꼭 하시곤 했다. 지금 들으면 소가 웃을 일이라 하겠지만 몇 십 년 전만 해도 우리 사회에는 그런 일들이 왕왕 벌어졌다.

사소한 선택이 행복을 좌우한다

요즘도 아침에 제일 먼저 발생하는 일을 보고 그날의 일진을 점치는 사람들이 간혹 있다. 가령 등굣길에 행인과 부딪혀 넘어졌을 때 어떤 사람들은 "에이 재수 없어. 오늘 일진이 왜 이래!" 하면서 하루 종일 좋지 않은 일들만 생길 것이라고 미리 단정 짓는다. 바로 머피의 법칙을 적용하는 사람들이다.

그런가 하면, 어떤 사람들은 넘어졌다가 일어나 아무 일도 없었다는 듯이 가던 길을 그대로 간다. 그 모습을 보고 주변 사람들이 칭찬을 해주면 아침부터 칭찬을 받았으니 오늘은 아주 재수가 좋은 날이라며 샐리의 법칙을 적용하는 사람이 있다.

머피의 법칙은 1949년 미국의 에드워드 공군 기지에서 일하던 머피 대위가 처음 사용한 말인데, 사람들은 하는 일이 잘

풀리지 않고 오히려 꼬이기만 할 때 '머피의 법칙'이란 말을 쓴다. 원래는 머피의 법칙이란 어떤 실험에서 번번이 실패했던 머피가 그 원인을 무척 사소한 곳에서 찾게 되었고, 안 좋은 일을 미리 대비해야 한다는 뜻으로 한 말이다. 어쨌든 이와는 반대로 일이 자꾸 잘 풀리는 것은 '샐리의 법칙'이라고 한다. 친구와의 약속에 늦었더니 그 친구도 사정이 생겨 늦게 오는 등의 경우처럼 말이다.

우리 주변에는 세상을 살면서 머피의 법칙을 적용하며 사는 사람이 있는가 하면 샐리의 법칙을 적용하며 살아가는 사람들이 있다.

지금은 울타리가 쳐진 인삼밭에 여자들이 들어가 많은 작업을 하고 있는데도 옛날보다 훨씬 더 질 좋은 인삼을 생산한다. 또 택시 기사들은 아침에 성별을 구별하지 않고 더 많은 손님이 있길 기다릴 뿐이다.

머피의 법칙을 적용하며 살아가는 사람들은 스스로 기분 나쁜 생각을 하면서 불길한 일들만 찾으며 하루를 망친다. 반면에 샐리의 법칙을 적용하는 사람들은 하루 종일 기분 좋은 일들만 생각하면서 좋은 일들만 만드는 법이다.

우리가 하루를 어떻게 살아가는지는 자신이 선택할 문제다. 그리고 아침에 일어나는 일들은 어떤 일들이 먼저 일어날지 모

른다. 매일 아침에 일어나 눈을 뜰 때부터 좋은 일들만 일어난
다면 좋겠지만 세상은 그렇지 않은 것을 우리는 잘 알고 있다.
샐리의 법칙을 적용하면서 살 것인지, 머피의 법칙의 법칙을 적
용하며 살 것인지는 본인이 선택할 문제이다. 하지만 그 사소
한 선택은 당신의 행복한 삶을 결정지어 주는 중요한 터닝 포
인트가 된다는 것을 꼭 기억해야 할 것이다.

03
작은 태도가 인생을 결정한다

대학교 졸업이란 끝의 의미일까, 또 다른 시작일까.

졸업 후 집을 나서는 길은 누군가에게는 등굣길에서 출근길로 바뀌어 있을 것이다. 약간의 설렘과 긴장 속에서 말쑥하게 차려 입고 많은 신입사원들이 출근한다. D사에도 많은 신입사

원들이 있었지만 그 중 L씨와 J씨는 같은 중·고등학교를 졸업하고 같은 대학의 기숙사에서 룸메이트로 지냈다. 그리고 두 사람은 졸업 후에도 같은 사무실은 아니어도 같은 회사에서까지 근무를 하게 된 각별한 인연이었다.

특히 두 사람은 중·고등학교 시절에 선의의 경쟁을 하며 1등을 서로 다투기도 했던 수재들이었고, 결국 우리나라 최고의 대학에 나란히 입학했다.

L씨는 처음 출근한 부서에서 업무를 인계 받으면서 바쁘게 하루를 보냈다. 그 와중에 팀장은 L씨를 불러 서류를 복사해 달라고 부탁했다. 처음에는 팀장이 바빠서 그러나 보다 생각하고 별다른 생각 없이 서류를 복사해 줬는데, 부탁하는 빈도수가 점차 많아지다 보니 짜증이 나기 시작했다.

그런 날들이 며칠이 지났다. 어느 날 팀장은 이날도 마치 L씨가 오길 기다리고 있었던 것처럼 "L씨! 이 서류 좀 복사해 주세요."하며 뒤죽박죽 섞여 있는 서류 뭉치를 건네줬다. L씨는 명문 중고등학교에서 수석을 다투었고, 우리나라 최고의 대학을 나와 이곳에 왔기 때문에 항상 엘리트 의식에 빠져 있었다. 그래서 '나 같은 엘리트를 데려다 겨우 서류 정리나 하고 복사하는 일이나 시키고 있냐'고 생각하면서 팀장의 행동이 아주 불쾌하게 느껴졌다.

그렇다고 신입사원이 노골적으로 불만을 드러낼 수도 없고 속으로만 잔뜩 짜증이 났다. L씨는 팀장의 명령을 거부도 할 수 없는 형편이라 불편한 심기를 드러내며 서류를 성의 없이 받아다가 복사기에 던지듯 올려놓고 버튼을 눌렀다. 서류는 L씨의 마음처럼 삐딱하게 복사가 되었고 그것을 정리도 하지 않은 채 그냥 팀장에게 갖다 주었다. 팀장은 서류를 뒤적여 보고 아래위로 훑어보더니 수고했다며 더 이상 아무 말이 없었다.

같은 상황, 다른 태도가 운명을 바꾼다

J씨도 출근 첫날 부서에서 인사를 하고 오리엔테이션을 마치자 팀장이 불렀다. "J씨! 이 서류 좀 복사해 줄래요?" 하며 주는 서류는 L씨의 경우처럼 뒤죽박죽 섞여 정리가 되어 있지 않았다. J씨도 L씨처럼 '뭐야, 이것은 초등학교도 나오지 않아도 누구나 할 수 있는 일인데 나같이 엘리트 코스를 나온 사람에게 하라는 이유가 뭐야? 이놈의 회사는 인재를 이렇게 활용하나' 하는 생각에 은근히 화가 났다.

하지만 한편으로는 이렇게 보잘것없는 일을 계속해서 나에게 시키는 이유가 무엇일까를 곰곰이 생각해 보았다. 그 이유

가 일손이 부족해서는 아닌 것 같고, 또 신참이라고 무시해서 그러는 것 같지도 않았다. '그렇다면 왜?' 생각이 여기에 미치자 나 같은 엘리트들은 다른 사람과 어떻게 다르게 복사하는지 알아보기 위해 이런 단순한 일을 계속해서 시킬 지도 모르겠다는 생각이 들었다.

J씨는 만면에 흐뭇한 미소를 흘리며 마음을 바꿔 먹었다. '그래, 내가 팀장을 충분히 만족시켜 주지. 나 같은 엘리트들은 어떻게 다르게 복사하는지를 확실하게 보여주자' 라는 생각을 했다. J씨는 먼저 복사기 쪽으로 다가가 기계를 살펴보기 시작했다. 아무 생각 없이 복사기를 사용할 때는 몰랐는데 자세히 살펴보니 복사기 유리판 가운데에 약간의 잉크가 묻어 있었다. 그 잉크 때문에 복사를 하면 복사한 서류 중간 부분이 깔끔하지가 않았던 것이다.

J씨는 얼른 탈지면에 알코올을 묻혀 깨끗하게 유리를 닦은 다음 복사할 서류를 가지런히 복사기에 올려놓았다. 그리고 조심스럽게 복사기 버튼을 눌렀다. 복사된 서류는 J씨의 마음처럼 깨끗하고 깔끔하게 복사가 되어 나왔다. J씨는 이 복사한 서류들을 다시 내용별로 분류하여 클립으로 묶은 다음 색인까지 달아서 팀장에게 갖다 주었다.

D사에서는 새해가 시작되면 일반 기업들처럼 팀장 중심으로

세상과 만나는 지혜

업무가 이루어지고, 팀별로 프로젝트를 하나씩 맡는다. 그래서 일 년 동안 이 팀이 중심이 되어 프로젝트를 수행하는데 모든 사람이 팀원으로 합류할 수 있는 것이 아니었다. 팀장이 함께 일할 사람을 팀원으로 뽑아 프로젝트를 수행하게끔 했다. 각 부서에서 팀원을 발표하는데 J씨는 포함이 되었는데 L씨는 탈락되었다. L씨는 자신이 팀원으로 선택받지 못한 것이 속으로 억울하고 분했다.

'그래, 나 같은 인재를 알아보지 못하고 프로젝트 팀을 꾸려? 어디 얼마나 잘하는지 두고 보자. 한번 잘들 해보라고!' 이렇게 L씨의 마음속에선 분노가 끓어올랐지만 애써 태연한 척했다.

세상에 내 재능을 증명하는 법

한편 팀원으로 선발된 J씨는 프로젝트를 수행하느라 밤낮으로 바쁘게 뛰면서 야근을 밥 먹듯 하고 있었다. 그동안 L씨는 열외자로 빈둥대며 '시간아! 흘러가라. 그래도 월급은 나온다'는 식으로 설렁설렁 일을 하고 빈둥대며 시간을 보냈다.

그렇게 서로 다른 입장에서 회사 일을 하면서 시간이 흘렀다.

일 년이 다 지나갈 무렵 J씨가 있던 팀에서 수행했던 프로젝트가 매우 좋은 평가를 받았다. 덕분에 J씨는 물론 그 프로젝트에 참여한 모든 사람들에게 성과급이 나왔다. 또한 우수 프로젝트를 수행한 팀에서 승진대상자를 추천하는 규정에 따라 J씨는 승진까지 했다.

L씨는 축하해줘야 할 친구의 승진이 반갑지만은 않았다. 또 자신처럼 유능한 인재를 알아주지 않는 회사가 못마땅했고 더 이상은 이 회사를 다니기가 싫어졌다. 마음에서 멀어진 회사를 떠나기로 결심한 L씨는 '그래, 나의 재능을 알아주는 회사에 다녀야겠어!' 라고 혼자 말을 뱉으며 미련 없이 사표를 던졌다.

우리나라 최고의 대학을 나왔기 때문에 L씨는 곧 다른 회사에 쉽사리 취직을 할 수 있었다. 그러나 그 회사에서도 생활의 큰 변화는 없었다. 다시 일 년이 흘렀을 때 옮긴 회사에서도 여전히 아웃사이더로 맴돌던 L씨와는 달리 J씨는 처음 입사했던 회사에서 성과급을 또 받았을 뿐만 아니라 다시 승진을 했다.

그런 생활이 10년이 계속되었다. 그동안 J씨와 L씨에게는 많은 변화가 생겼다. J씨는 대학졸업 후 처음 입사했던 그 회사에서 꾸준히 일한 결과 이사까지 승진을 했다. 반면에 L씨는 매년 회사를 옮겨 다니다 보니 지금도 이력서를 들고 이곳저곳을 기웃거리는 신세를 면치 못하고 있다.

두 사람은 같은 중·고등학교를 다녔고, 같은 선생님으로부터 같은 교육을 받았다. 또 최종학교도 같았고, 같은 학과를 졸업했다. 그런데 복사를 하는 사소한 태도 때문에 인생의 청사진이 완전히 바뀌었다. '이렇게 볼품이 없는 일을 왜 나에게 시켜!'라고 불평하는 게 아니라 '나 같은 사람은 어떻게 복사를 하는지 시험해 보는구나'라는 사소한 생각의 차이가 10년 만에 회사의 중진급인 이사와 여전히 떠돌이 직장인 신세로 하늘과 땅만큼 인생이 달라졌던 것이다.

우리는 흔히 작은 일은 대충 하고 중요한 일을 열심히 하겠다는 생각을 한다. 하지만 자신이 맡은 일은 무엇이 되었든 열정과 책임감을 가지고 최선을 다할 때 세상이 나를 알아주는 기회가 찾아올 것이다. 그리고 진짜 중요한 일들을 책임지고 할 수 있는 사람으로 대접받을 수 있다.

세상과 만나는 지혜

04
꽃이 아름답게 보일 때 여행을
떠나라

신혼 초에 집사람과 어린 아들, 딸과 함께 설악산에 캠핑을 갔던 일이 있다. 가는 날이 장날이라고 거센 비바람 때문에 야영을 할 수 없었다. 할 수 없이 숙소를 정하고 아침에 일어나 밥을 짓는데 점잖은 노부부가 정답게 손잡고 산책하는 모습이

아름답게 보여 말을 건넸다.

"어르신! 정말 좋아 보이십니다. 저도 어르신처럼 나이가 들면 꼭 집사람과 손잡고 이런 여행을 해보고 싶습니다."

그러자 그 어르신이 쓸쓸한 미소를 띠면서 말씀하셨다.

"젊은이! 절대 나이 먹어 여행을 하겠다고 미루지 말게. 지금은 다리가 아파 가고 싶어도 마음대로 갈 수가 없다네. 다리가 튼튼할 때 많이 다니게!"

학부모들은 자식이 성공하길 기대하며 중학교 3년과 고등학교 3년의 학창시절이 없다고 생각하라고 아이들을 부추긴다. 오직 공부에만 올인하라며 학교와 학원만 시계추처럼 다니길 자기 자식들에게 강요한다.

사람은 무엇으로 사는가? 인생을 한참 먼저 사신 분들이 말씀하시는 것에 귀 기울여야 한다. 사람에겐 힘들 때 견딜 수 있는 추억이 있어야 한다는 걸 우린 좀 더 젊은 시절에 알아야 하지 않을까. 오직 성적 같은 숫자와 성과에만 집중하는 삶을 살다 보면 추억이 없는 학창시절만 남는다. 어리석은 부모는 자기 자식들에게서 추억을 앗아가 버린다. 아무리 현대문명이 발달해도 추억을 제조해주는 기계는 없다. 그 시기를 놓쳐버리면 되돌릴 수도 없고, 어느 누구도 보상해줄 수 없다.

초등학교, 중학교, 고등학교 동창들을 만나 밤을 새워가며

지난 이야기를 할 때가 얼마나 즐거운가. 그런 학창시절이 없다고 생각하면 정말 끔찍하게 삭막한 인생이다. 공부만 하라고 하는 것은 자녀의 아름다운 청소년기를 그늘지게 만들 수도 있다는 걸 잊지 말아야 한다.

먼 훗날 입가에 쓸쓸한 미소가 흐르지 않게

필자가 가장 후회하는 것이 있다면 자녀와 대화를 많이 하지 못한 것이다. 뚜렷한 가치관과 교육철학도 없었던 젊은 시절에 그저 아이들이 공부만 열심히 하면 좋은 줄 알았다. 그래서 나는 아이들과 대화를 하기는커녕 그 시간이 아까워 공부하라는 소리로만 일관했다.

그러다보니 자연히 아이들과 대화를 나누는 시간이 줄어들었고, 이제 나이를 먹고 보니 내 자식들과도 서먹한 사이가 되었다. 자녀들에게 가족과 함께하는 추억만큼 큰 자산은 없다. 공부만 인생의 전부라고 가르치지 말고 가족 간의 사랑이 세상 무엇보다 소중하다는 걸 깨닫게 하는 교육을 하는 것이 좋다. 없는 틈이라도 내어서 함께 여행하며 자녀의 이야기를 들어줘라. 그것이 큰 재산을 물려주는 것보다 자녀들을 더 강하게 만

든다는 걸 잊지 말라.

또한 나이를 먹어 당신의 아들이 자주 찾아오게 하고 싶다면 스스로 지금 당장 자식의 손을 잡고 부모님을 찾아뵈라. 직접 몸으로 보여주는 교육만큼 중요한 건 없다. 자녀들은 그렇게 하는 것이 당연한 것으로 알고 먼 훗날 당신의 손자를 데리고 일상처럼 찾아올 것이다.

아들과 사이가 좋은 아버지가 되려면 어려서부터 아들의 손을 잡고 일요일마다 목욕탕에 다니는 연습을 하라. 아들은 당연히 일요일은 아빠 손잡고 목욕탕에 가는 날이라고 생각할 것이다. 당신이 늙어버린 먼 훗날에도 아들은 목욕탕에 함께 가 등을 밀어줄 것이다. 자식과 함께 하는 일을 미뤄두었다가 나중에 하려 한다면 아이들은 이미 가까이 하기엔 너무 먼 존재가 되어버린다.

많은 사람들이 퇴직 후 시간이 나면 여행을 하겠다고 많은 계획을 세운다. 하지만 모든 것은 습관이라 여행도 해본 사람이 잘한다. 막상 나이가 먹어 여행을 하려 하면 몸도 안 따라줄 뿐만 아니라 익숙하지 못해 고역이 될 것이다. 인생은 항상 현재를 잡아야 한다. '나중에……' 또는 '이 다음에……'라며 자꾸 미뤄둔다면 영원히 그날은 오지 않을지도 모른다.

필자의 아버지는 고교시절에 달리기 선수로 출전할 정도로

튼튼해 다리로 할 수 있는 일에는 두려움이 없으셨던 분이다.
그런데 지금은 연세가 많이 들다 보니 달리기는커녕 걷는 것조
차 힘들어 집안에서만 생활하신다.

경제적으로 힘들던 시절을 살아오신 아버지께서는 젊은 시절
열심히 일하고 나이 들어 해외여행도 하고 맛 집도 찾아다니
고, 하고 싶은 운동도 하겠다고 하셨으나 지금은 아무것도 할
수 없어 그저 인생의 무상함을 느끼는 듯하다.

　추억을 많이 쌓고 하고픈 일을 뒤로 미루지 말라. 계절이 바뀌고 꽃이 아름답게 보일 때 여행을 떠나라. 계절의 변화를 느끼고 꽃이 아름답게 보이는 것은 심장이 떨리고 있음이다. 여행은 심장이 떨릴 때 떠나야 한다. 그래야만 그 여행의 참맛을 느낄 수 있다. 정년이 지나고 나이 먹어서는 심장이 떨리지 않고 두 다리가 떨릴 것이다.

　두 다리가 떨릴 때는 걸을 수도 없고 가슴이 떨리지 않을 때는 추억도 여행의 참맛도 느낄 수가 없을 것이다. 나이 들어 입가에 쓸쓸한 미소가 흐르지 않게 먼 훗날로 미루지 말고 가슴이 떨릴 때 하자.

05
모든 것을 잘하려고 하지 마라

"선생님! 저 졸업했습니다."

"축하해 주세요."

오리의 눈은 눈물로 범벅이 되었다.

오리가 그 어려운 달리기 시험을 통과해 드디어 졸업을 하자 졸업장을 받아 들고 기쁨의 눈물을 흘렸다.

"그래 축하한다."

"이젠 사회에 나가 열심히 봉사하고, 후배들을 지도하며 살 도록 해라."

이 이야기는 동물학교의 졸업식장에서 있었던 일이다.

옛날 동물들이 인간들만 학교에 다니는 것을 보고, 동물의 후손들이라도 인간으로부터 지배를 받지 않고, 행복한 생활을 할 수 있도록 학교를 만들었다. 그리고 학교 이름은 '동물학 교'로 정했다. 신입생도 뽑아서 인간의 교육제도와 비슷한 제 도를 만들어 학교를 운영했다.

그 동물학교에는 다람쥐, 호랑이, 독수리, 오리 등이 입학했 다. 동물학교의 교육과정에는 달리기, 날기, 수영하기, 나무타 기 등 모든 동물들이 고루 갖춰야 할 일반적인 사항들이 포함 되었다. 신입생들은 인간처럼 학교에 다닐 수 있다는 사실에 신 이 나서, 교육과정에 따라 열심히 공부했다.

그런데 운동신경이 둔한 오리가 있었다. 이 오리는 수영만큼 은 선생님보다 훨씬 잘했고, 나무타기와 날기도 그럭저럭 통과 를 할 수 있었다. 그러나 달리기에서 계속 낙제를 했다.

"오리 양! 이렇게 달리기를 못하면 이젠 나로서도 포기할 수 밖에 없어요. 우리 학교는 3진 아웃제로 되어 있어 이번에 통 과를 못하면 퇴학을 시킬 수밖에 없으니 오리양이 알아서 연

습을 더 하도록 해요."

선생님은 오리에게 더 열심히 연습하라고 당부했다. 오리는 달리기에 낙제를 하도록 만드는 물갈퀴가 달린 자신의 발을 한없이 원망했다.

오리가 수영을 못해요!

오리는 드디어 달리기 시험에 통과하기 위한 극약처방으로 과외를 받기 시작했다. 아침 먹고 체력 단련, 점심 먹고 모래밭에서 발바닥 단련, 저녁에는 달리기, 빈틈없는 훈련 계획에 따라 열심히 달리기 과외를 받았다. 발바닥이 찢어지고, 피가 나는 고통을 참으면서 졸업만을 생각하며 열심히 달리기를 배웠다.

그러다 보니 발바닥에는 굳은살이 생겼고 물갈퀴는 찢어져 닭다리처럼 변하기 시작하면서 날리기를 곧잘 했다. 그 후 오리는 졸업시험에서 그 어려운 달리기를 통과해 졸업할 수 있었다. 오리는 졸업장을 들고서 자랑스럽게 고향으로 돌아갔다. 고향 친구들은 부러운 시선으로 오리를 쳐다보았다. 친구들은 명문 학교를 졸업한 오리에게 도시와 학교 이야기를 듣고서 감격

했다. 또 오리가 달리는 모습을 보고 부러워 어쩔 줄 몰라 했다. 고향에서 유독 혼자만이 명문 학교를 졸업한 오리는 기분이 절로 우쭐해졌다.

다음날 오리는 연못에서 고향 친구들이 수영을 하며 노는 모습을 보았다. 그동안 학교 공부에만 열중하느라 수영을 하지 못했던 오리는 함께 놀기 위해 물속에 첨벙 뛰어들었다. 그런데 학교에서 선생님보다도 더 잘하던 수영 실력이었는데 자꾸 물속으로 잠기기 시작했다.

"허푸, 허푸, 오리 살려요!"

오리는 예전처럼 두 발을 물속에서 열심히 저었지만 몸이 자꾸만 물속으로 가라앉았다. 결국 친구들의 도움을 받아 겨우 목숨을 구한 오리는 물 밖으로 빠져나올 수 있었다. 그리곤 자신의 발을 말없이 내려다보았다. 발바닥은 달리기 연습으로 굳어져 있고, 물갈퀴가 다 찢어져 있는 것이 보였다.

명문 학교를 졸업한 오리는 고향의 친구들보다는 달리기를 잘할 수 있었으나 닭이나 다람쥐처럼 잘할 수는 없었다. 그러나 선생님보다 더 잘했던 수영은 달리기 연습을 하느라 물갈퀴 발이 닳아 뭉개져 형편없는 실력이 되었다. 아니, 수영은커녕 이제 물에 뜨는 것조차 불가능해졌다. 오리의 정체성을 잃어버린 셈이었다.

이 이야기는 우리 교육의 현실을 다시 한 번 생각하게 한다. 모든 것을 다 잘하려고 하다 보면 잘하는 것이 하나도 없어진다. 모든 것에 욕심을 내다보면 원래 있던 자신의 재능조차 잃어버릴 수 있다는 걸 풍자한 이야기다. 자신만의 특성을 소중히 여기는 사람이 되자. 남을 따라 살다가 자신의 색깔을 잃고 나중에 후회하지 않도록 말이다.

STEP 4

나와 타인과의 관계

01
만남과 인생과의 상관관계

　하루에도 수많은 사람이 우리 곁을 스쳐 지나간다. 사람들의 색깔도 각양각색 백인백색이다. 대부분의 사람들은 나와는 아무런 관련도 없다. 그냥 무심히 지나가고 또 내게 아무런 변화를 주지도 않는다.

　그런데 어떤 사람을 만나느냐 하는 것은 매우 중요하다. 옛날 김 선달은 낯선 지역에 가서 처음 만나는 사람이 어떤 사람이

냐에 따라 사람 대접이 달라진다며, 처음 사람을 만나 사귈 때
는 신중하라고 충고했다. 낯선 지역에 가서 처음 거지를 만나
사귀면 그 고을에서 거지 대접을 받을 것이고, 대감을 만나 사
귀면 대감 대접을 받을 것이다. 그러니 낯선 곳에서 처음 만나
는 사람과의 만남에 더욱 신중해야 한다.

어쨌든 왜 사람과의 만남이 중요할까? 사람과의 만남은 변화
(Change)의 시작이고 그 만남을 통한 변화는 사람들에게 기회
(Chance)를 주기 때문이다. 하지만 만남에는 좋은 변화와 기회
를 주는 '좋은 만남'이 있는 반면에 한 사람의 인생을 파멸하
게 하는 잘못된 만남도 있다. 이 잘못된 만남은 때로는 한 사
람의 삶뿐만 아니라 더 많은 사람들에게 피해를 주기도 한다.

간혹 매스컴에서 연쇄 살인범들의 이야기가 들려올 때가 있
다. 또 자살 사건이나 정신분열증 환자들이 난동을 부리거나
분풀이로 길거리에 주차된 차량에 불을 지르고 타이어에 펑크
를 냈다는 사건들이 들릴 때가 있다. 그럴 때마다 "저런 인간
들은 도대체 어디에서 왔어!" 하며 욕실을 히는 사람들을 종
종 본다.

그들은 정말 처음부터 그런 비난을 들을만한 인성을 가지고
태어난 것일까? 간혹 DNA가 원래부터 사이코패스인 경우도 있
으나 많은 경우 안타까운 사연이 있다. 우리 머릿속에 지워지

지 않고 아직 남아 있는 지존파의 이야기를 떠올려 보자. 그들은 농촌 마을에 아지트를 짓고 부유층의 사람들의 명단을 백화점으로부터 입수했다. 그리고 그 사람들을 납치해 이유도 없이 끔찍한 연쇄 살인을 저질렀다. 이들은 사람을 죽이는 것에 그치지 않고 시체를 유기하고 토막 내고 불태우기까지 했다.

우리 사회에 괴물을 낳는 영혼살인

우리 사회에는 어디 지존파뿐이랴. 강호순, 유영철 등 연쇄살인범들이 있다. 정말 이들은 태어날 때부터 이런 악마로 태어났을까? 이들이 정말 이런 살인범의 DNA를 가지고 태어난 것인지가 궁금해 어느 학자가 이들을 조사하던 중 우연히 공통점을 발견했다고 한다. 이런 공통점은 비단 이들에게만 나타난 것이 아니고 비슷한 유형의 범죄자들 대부분에서 나타나는 현상이었다.

그 공통점은 대부분 어려서 불우한 가정환경에서 자라거나 부모와 헤어져 살면서 아동학대를 받고 유년기를 보낸 사람들의 특징이라는 것이다. 이 아동학대의 특징은 지배와 소유 안에서의 학대로 아동학대를 받는 아이들은 저항할 수 있는 힘

세상과 만나는 지혜

도 없이 그저 당할 수밖에 없다고 한다.

학대를 당하면서 아이들은 스트레스가 쌓이기 시작한다. 그리고 그 스트레스로 아이들의 영혼은 서서히 죽어간다. 바로 가정 폭력을 일삼는 부모들이 자기 자녀의 인간성을 죽이는 영혼 살인을 저지르게 된다.

영혼 살인은 심한 경우 뇌의 크기까지 변화시키고 무기력증이나 무저항의 형태로 나타나다가 어느 시점에서 폭발한다는 것이다.

긍정심리학의 창시자이 Seligman(미)은 개를 조건1, 조건2, 조건3으로 나누어 학습된 무기력에 대한 실험을 했다.

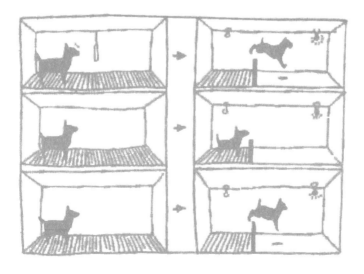

조건1은 전기 충격이 올 때 개가 놀라 몸부림치다가 앞에 있
는 나무판을 건드리면 전기 충격이 멈추게 했고, 또 조건2는
전기 충격이 올 때 아무리 몸부림쳐도 전기 충격이 멈추지 않
게 했다. 마지막으로 조건3은 전기 충격을 주지 않고 그냥 묶
어만 놓았다.

개들이 그 실험에 익숙해진 다음에는 아래쪽 그림과 같이 다
시 조건을 만들고 기둥에 버저(buzzer)를 달았다. 이후 그 앞
에 작은 칸막이를 설치하고 앞의 기둥에 있는 버저에 불이 들
어오면 개가 있는 칸막이 안쪽에서는 전기 충격이 오게 했다.
또 칸막이를 넘어서면 전기 충격이 없어지게 했다.

그 결과 조건1의 개는 전기 충격이 가해지는 순간에 바로 칸
막이를 넘었고, 다음부터는 버저에 불만 들어오면 재빨리 칸막
이를 넘었다.

그런데 조건2의 개는 버저에 불이 들어오고 전기 충격이 아무리 가해져도 몸부림만 칠뿐 낮은 칸막이를 넘을 생각조차 하지 않았다. 모든 고통을 몸으로 다 받아들이면서 피할 생각을 하지 않았던 것이다. 조건3의 개는 버저에 불이 들어오고 전기 충격이 가해지자 쉽게 칸막이를 넘어 가더라는 실험이다.

그 후 그 3마리의 개를 분양해 일반 가정집에 키우게 했다. 그리고 낯선 사람을 통해 그 개들에게 돌을 던지게 하고 나무 막대로 때리게 시켰더니 조건1과 조건3의 개는 덤비거나 도망치는 적극성을 띠는데 반해 조건2의 개는 돌을 던져도 그냥 맞으면서 고개만 숙이고 있었고, 막대기로 때리면 울부짖을 뿐 도망칠 줄을 몰랐다. 그리고 조건2의 개는 다른 개들과 달리 3년이나 일찍 죽었다고 한다.

첫 만남부터 모든 만남은 인생을 결정한다

지배와 소유관계 속에서의 학대와 영혼 살인은 어떤 결과를 가져올까? 인간은 동물과 달리 미리 예측할 수 있는 능력이 있기 때문에 아동기 때 받은 고도의 스트레스와 불안감이 3가지의 유형으로 나타난다고 한다.

첫 번째가 자살로 많이 나타난다. 따라서 어려서 아동학대를 받은 사람은 감당하기 힘든 학대를 자살로 많이 해결하려고 하고,. 두 번째는 그 고통을 감내하지 못하고 정신분열증의 증세를 나타낸다. 세 번째는 자신이 당한 만큼 보복을 하겠다는 생각으로 살인을 저지른다고 한다.

어려서부터 좋은 부모를 만나 좋은 환경에서 칭찬을 많이 받고 자랐더라면 과연 김현양 같은 지존파 살인범이 나왔을까? 강호순과 유영철처럼 연쇄 살인범이 우리 사회에 나타나지 않게 하기 위해서는 어려서 만나는 사람이 잘못된 만남이 아니어야 할 것이다. 꼭 부모가 아니더라도 인정과 사랑이 넘치는 사람과 어린 시절을 보냈더라면 그들이 우리 사회의 끔찍한 괴물로 성장하진 않았을 지도 모른다.

우리나라는 자살률이 10만 명당 33.5명이라고 한다. 이 통계는 OECD국가 평균 중 2.6배의 수치로 하루 32.6명씩 자살을 선택하고 있는 우리나라의 문제점을 어떻게 해결하면 좋을까?

어려서 처음 이루어진 잘못된 만남이 잘못된 변화(Change)를 일으키고, 잘못된 변화가 잘못된 기회(Chance)를 준다. 다른 사람들처럼 평범한 인생을 살지 못하게 한 채 짧은 인생을 마감하게 만든 지존파와 같은 살인 괴물은 더 이상 나오지 말아야 할 것이다.

만남은 이처럼 중요하다. 우리가 사회에 나와서의 만남도 첫
만남 못지않게 참으로 우리 인생에 많은 영향을 끼친다. 지금
당장 내 주변에는 어떤 사람들이 있는지 한번 살펴보자. 나를
앞으로 나아가지 못하게 잡는 족쇄인지, 아니면 나를 성공으
로 이끄는 견인차 역할을 하는 존재인지 꼼꼼하게 따져봐야 할
것이다. 만남, 아름다운 말이지만 잘못된 만남이 될 때에는 내
인생의 비극이 될 수도 있다는 걸 명심해야 하겠다.

02
스치는 만남에도 최선을 다하라

우르릉 쾅! 쾅! 천둥번개 소리가 요란하다. 포천에서 출발하려는데 시간은 벌써 자정을 가리킨다. 전쟁이 끝난 지 얼마 되지 않아 사회는 어수선하고 도로 하나 제대로 된 곳이 없다. 더구나 오랜 장마로 비포장도로의 산길들은 여기 저기 움푹움푹 패여 자동차조차 다니기가 아주 불편했다.

특히 포천에서 의정부로 넘어오는 산길은 일제 강점기에 일본

인들이 많은 독립투사들을 학살해 매장하기도 한 곳이라 주변에 이름 없는 묘와 공동묘지가 있었다. 여름철 장맛비는 이 묘지들의 속살까지 파내어 백골 일부가 드러났다. 그래서 대낮에도 이곳을 지나가는 사람들의 등골을 오싹하게 했다.

당시에 J씨는 어려운 살림에 중고 트럭 한 대를 구입해 운수업을 하고 있었다. 포천에서 일을 보고 서울로 가야 할 J씨는 장맛비가 길어지면서 일이 늦어졌다. 그러자 서울로 돌아갈 길이 걱정이 되었다. 도로 사정이나 주변 여건이 갈 길을 더욱 망설이게 했다.

한참을 망설이던 J씨는 집에서 기다리는 가족 생각에 조심스레 자동차의 시동을 걸었다. 한참을 운전해 포천에서 의정부로 가는 중간쯤 가고 있었다. 바로 사람들이 대낮에도 가길 꺼려한다는 공동묘지 부근의 길이었다. 공동묘지 주변은 키 큰 나무들로 꽉 들어차 더욱 으스스한 기분이 든다. 소낙비는 갑자기 더욱 세차지고 천둥번개 소리는 더욱 요란스러워졌다.

우르릉, 우르르릉, 콰 콰 콰 쾅! 무엇인가 튀어 나올 듯한 분위기가 J씨의 머리칼을 곤두서게 했다. J씨는 온 신경을 집중하여 빨리 이곳을 빠져 나가야겠다는 생각뿐이었다. 고도로 정신을 집중하고 공동묘지 근처를 지날 때 도로 옆의 숲에서 긴머리를 풀어 헤치고 입에서는 피를 흘리는 모습이 나타나. 음

산한 웃음소리를 내며 두 손을 높이 들고 자동차를 가로 막았다. 딱 공포 영화에 자주 나타나는 끔찍한 귀신 모습이다.

갑자기 뛰어든 귀신의 모습에 놀라 J씨는 가속 페달을 강하게 밟았다. 그런데 빨리 가려 해도 길이 험하고 움푹움푹 도로가 패여 덜컹거리기만 할 뿐 잘 달릴 수가 없었다. 당황한 J씨는 가쁜 숨을 몰아쉬며 그래도 계속 페달을 밟는데 뒤에서 사람 소리가 들리는 듯했다. 언뜻 뒤를 보니 두 손을 흔들며 무엇인가를 외치고 있는 듯 보였다.

문득 귀신이 아니라 사람일 수도 있다는 의구심이 생겼다. 영화에서 보면 아무리 빨리 도망을 가도 귀신이라면 짠! 하고 앞을 가로 막는데 길이 험해 차가 달리지 못하는데도 앞을 가로 막는 귀신은 보이지 않는다. 순간 J씨는 자신이 본 것이 귀신이 아니라 사람일 수도 있다는 생각을 했다. 그리고 만약에 그냥 모른 척하고 간다면 귀신이 아닌 저 사람은 죽을 수도 있겠다는 생각이 들었다.

J씨는 정신을 가다듬고 후진 기어를 넣었다. 그리고 조심스럽게 조금 전에 귀신을 보았다고 생각한 장소로 다가갔다. 아까 귀신이라고 보았던 그곳엔 귀신이 아니라 비바람에 머리카락을 흩날리며 쪼그려 앉아 울고 있는 여자가 보였다. 으스스한 분위기에 바람에 날려 풀어 헤쳐진 머리로 갑자기 나타난 여자를

세상과 만나는 지혜

귀신으로 알고 놀랐던 것이 미안해졌다.

우연한 만남에 진정성이 더해지면

　J씨는 차에서 내려 울고 있는 여자 곁으로 다가갔다. 그 여인은 외국인이었고 무엇이라 이야기를 하는데 무슨 말인지 도통 알아들을 수는 없었다. 그러나 그 여인이 가리키는 곳을 바라보니 길옆의 웅덩이에 승용차 바퀴가 빠져 있는 것이 보였다.

　J씨는 너무 심하게 오는 비 때문에 잠시 망설이다가 체인을 꺼냈다. 그리곤 웅덩이에 빠진 승용차에 체인을 연결하여 묶은 다음 시동을 걸어 차를 끌어냈다. 차가 움직일 수 있는지 점검하고 시동을 걸어줬다. 그 여인은 감사하다는 말을 되풀이했다. 그 이외에 다른 말도 했지만 J씨는 알아들을 수 없었다. 그리고 그냥 그곳을 떠나왔다.

　나중에 알게 된 사실이지만 그 외국 여인은 한미사령관 부인으로 잠깐 드라이브를 하러 나왔다가 사고를 당한 것이었다. 갑작스런 날씨 변화 때문에 점심때쯤 빗길에 미끄러졌다. 저녁이 될 때까지 아무도 지나는 사람이 없어 깊은 산속에서 생명의 위협까지 느끼며 떨고 있었던 것이다. 그 와중에 만난 J씨

가 얼마나 고마웠을지는 미루어 짐작할 수 있다.

그 한미사령관 부인은 폭우 속에서 비를 다 맞으며 자신의 자동차를 고쳐주고 생명을 구해준 J씨에게 고마움을 표하고자 했다. 그래서 주소와 전화번호 등을 물었는데 말이 통하지 않아 결국 자동차 번호만을 적어왔던 것이다. 그 번호를 사령관에게 주며 다음과 같은 이야기를 했단다.

"대한민국에 와서 이렇게 친절하고 성실한 사람은 처음 봤어요. 그리고 난 그 분이 아니었으면 죽었을 거예요. 반드시 그 분을 찾아주세요. 내 생명을 구해준 보답을 꼭 하고 싶어요."

사령관은 부인의 말을 듣고 헌병대 사령관을 불러 자동차 번호를 주며 그 차량의 주인을 찾아오라고 했다. 그런데 어찌된 일인지 헌병대 사령관을 거치고 다시 부관 및 하급 장교를 거치면서 그 차량 주인을 찾아 모셔 오라는 이야기가 와전되어 그 차를 수배해 차주를 잡아 오라는 명령으로 바뀌게 되었다.

그 후 우여곡절 끝에 J씨는 한미사령관 앞으로 잡혀 갔다. 드디어 오해는 풀렸고 사령관은 부인을 구해준 생명의 은인에게 깍듯한 예우를 다했다. 그리고 J씨에게 지금 가장 필요한 것이 무엇인지 물었다. 그 자리에서 바로 미군 부대에서 나오는 모든 폐기물 처리권을 요청해서 넘겨받은 J씨는 그걸 바탕으로 큰 기업을 일굴 수 있었다고 한다. 당시에 우리는 6.25전쟁

이 끝나고 아무런 생산 기반 시설이 없던 터라, 미군 부대에서 나오는 폐기물은 생필품으로 요긴하게 활용하던 시대였기 때문이다.

이 이야기는 마치 전설의 고향에나 나오는 사연 같지만 실제로 있었던 일이다. 이 이야기를 통해 우리는 사람과의 우연한 만남도 인생을 바꿔놓을 만큼 큰 의미를 지닐 수도 있다는 걸 알 수 있다. 아무 대가도 바라지 않은 채 남을 위한 작은 노력을 했던 진정성이 한 사람의 인생을 바꾸게 된 계기가 된 셈이다.

03
평생 함께해야 할 동반자와의
관계

학생들을 가르치며 연륜을 쌓다 보니 가끔씩 주례를 서달라는 제자들의 부탁을 받는다. 한 번은 40대 중반에 주례 부탁을 받은 일이 있었다. 중학교 3학년 때 제자가 찾아와 막무가내로 주례를 서달라는 것이다.

난 연륜도 짧고 경험도 없다고 처음에는 거절을 했다. 게다가

나이도 어려서 주례를 설 자격이 없으니 다른 사람을 찾아보길 권했으나 이 제자는 한사코 꼭 서 달라고 부탁했다.

그 까닭은 필자가 이 학생들을 졸업시키면서 했던 이야기가 자신의 마음을 움직이게 했기 때문이란다. 나의 말이 계기가 되어 지금껏 열심히 공부하여 서울대학교에 들어가 대기업에 취직을 하고 또 이렇게 결혼까지 하게 되었으니 꼭 내가 주례를 봐야 한단다.

간곡하게 부탁하는 제자의 청을 더 이상 물리칠 수 없어 주례사를 준비하기로 했다. 배우자와 함께하는 새로운 인생의 첫발을 내딛는 제자에게 무슨 이야기를 해주면 좋을까 생각해보았다. 그리고 이것저것 주례사를 할 소재를 찾던 중에 당나라 현종과 양귀비의 사랑을 노래한『백낙천』의『장한가』가 떠올랐다.

당나라 황제 현종은 56세 때에 며느리와 사랑에 빠진다. 아무리 절대 왕정시대에 무소불위의 권력을 휘두르는 황제라 하더라도 당시 유교사상이 강하게 지배하던 당나라에서는 22살 며느리와 56세 시아버지와의 사랑은 도저히 용납할 수 없는 희대의 불륜이었다.

그럼에도 불구하고 자신의 며느리 양귀비를 보는 순간 현종

은 이성을 잃을 만큼 푹 빠져버렸다. 양귀비보다 더 아름다운 여인은 이제껏 본 적이 없었고, 이 세상에 양귀비보다 더 예쁜 여인은 존재할 수 없을 것만 같았다. 양귀비를 본 이후부터 현종은 밥을 먹을 수도 없고, 잠을 잘 수도 없을 만큼 깊은 상사병에 걸렸다.

결국 당 현종은 아들에게 이르기를 네 아내를 내게 주고, 너는 다시 새장가를 가라는 말과 함께 아들의 아내를 빼앗아 자신의 아내로 삼았다. 지금까지 그 어떤 불륜이나 사랑도 뛰어넘을 수 없게 만든 패륜이었다.

비익조와 연리지처럼

현종은 양귀비를 아내로 맞이한 이후부터 정사를 돌보지 않고 양귀비 치마폭에 싸여서 지냈다. 이러한 현종 때문에 막강하던 당나라는 내리막길을 걷게 되었고 결국 '안녹산의 난'으로 양귀비는 꽃다운 나이에 비참하게 죽어간다. 양귀비가 죽은 후로 현종은 비참하게 죽은 양귀비를 그리며 슬픔 속에서 한평생을 쓸쓸히 살아갔다는 이야기가 호사가들 사이에 전해내려 온다.

이 현종과 양귀비의 만남과 사랑, 그리고 이별과 슬픔에 대해 후대의 사람들은 관심을 갖게 되었다. 그리고 당나라의 시인 백낙천은 〈장한가〉에서 비익조와 연리지를 등장시켜 당 현종과 양귀비의 사랑을 노래하였다고 한다. 잠시 내용을 살펴보면 다음과 같다.

七月七日長生殿(칠월칠일장생전)

　　　7월 7일 장생전에서

夜半無人和語時(야반무인화어시)

　　　깊은 밤 사람들 모르게 한 맹세

在天願作比翼鳥(재천원작비익조)

　　　하늘에서는 비익조가 되기를 원하고

在地願爲連理枝(재지원위연리지)

　　　땅에서는 연리지가 되기를 원하네.

天長地久有時盡(천장지구유시진)

　　　높은 하늘 넓은 땅도 다할 때 있는데

此恨綿綿無絶期(차한면면무절기)

　　　이 가슴 속 한은 끝없이 계속되네.

'하늘에서는 비익조가 되길 원하고 땅에서는 연리지가 되길

원하네'라는 문장에서 '비익조'라는 말과 '연리지'라는 말이 등장한다. 이 '비익조'는 몸이 반쪽만 있는 상상 속의 동물로, 당태종과 양귀비의 사랑을 비익조에 비유해 노래한 것이다. 비익조는 몸이 반쪽이라서 날개도 다리도 눈도 하나라서 혼자서는 아무것도 할 수 없다. 그래서 하늘을 날아갈 때나 걸을 때나 반드시 짝이 있어야만 살아갈 수 있다고 한다. 비익조는 헤어지면 살 수 없는 필연적인 삶을 살아야만 하는 새다.

또 다른 비유로 나오는 '연리지'는 뿌리가 다른 두 나무의 가지가 얽히고설키고 꼬이고 합쳐져 있다. 이 두 나무는 평생 서로에게 양보하며 한 나무로 죽을 때까지 함께 살아간다고 한다.

항상 언제 어디서나 함께하길 염원하는 애틋하고 간절한 사랑을 노래한 비익조, 없으면 안 되는 반쪽, 그 반쪽은 희생의 반쪽이 아니라 동반자라는 걸 잘 나타내 주고 있다. 동반자로서 희생만을 요구하는 것이 아니라 화합하고 양보를 해야만 잘 살 수 있다는 걸 표현한 연리지는 이혼이 급증하고 갈등이 증폭되고 있는 이 사회의 신혼부부에게 꼭 필요한 메시지가 아닐까 싶다.

처음으로 주례를 보기 위해 잔뜩 긴장해서 결혼식장에 도착해 신랑과 이야기를 나누고 있는데 신랑의 아버지가 나를 보고

신랑 친구라고 생각해서 "주례선생님 언제 오냐?"며 물었던 기억이 새롭다.

상상의 새 비익조의 사랑 이야기와 화합의 연리지 이야기는 신랑 신부의 주례사에만 필요한 것이 아니라 각박해져가는 이 사회의 모든 사람들이 깊이 새겨야 할 이야기가 아닐까?

04
발명으로 사랑을 얻은 청년의
이야기

"저는 헤스터를 사랑합니다. 헤스터와 결혼할 수 있도록 허락하여 주십시오."

"안 되네. 자네에게 믿을 것이 무엇이 있나?"

1840년 12월, 함박눈이 펑펑 쏟아지는 어느 날 저녁의 이야

기다. 미국의 한트라는 젊은 청년은 헤스터라는 수정처럼 맑고 깨끗한 예쁜 여인과 깊은 사랑에 빠졌다. 그리고 결혼 승낙을 받기 위해 헤스터의 아버지를 찾아가 나눈 이야기이다.

헤스터의 아버지는 딸과 한트의 결혼을 반대하고 있었다.

"너희는 경제력이 없기 때문에 결혼을 승낙할 수가 없어. 아직 경제력도 없으면서 결혼을 한다면 모두 불행해질 걸세."

그 말을 들은 한트는 물러서지 않고 이렇게 말했다.

"그렇지만 제게는 돈을 벌 수 있는 두뇌와 미래에 대한 가능성이 있습니다."

자신에 넘친 한트의 말이 끝나자 헤스터의 아버지는 잠시 생각에 잠겼다가 불쑥 한 가지 제안을 했다.

"내 딸 헤스터와 그렇게 결혼하고 싶다면 10일 안에 1,000달러를 벌어 오게. 그러면 내 딸과의 결혼을 허락해 주겠네."

헤스터 아버지의 부담스런 제안에도 한트는 의외로 당당하게 대답했다.

"좋습니다. 다음에 다른 말씀을 하시면 안 됩니다."

한트는 헤레나의 아버지와 약속을 하고는 어떤 방법으로 돈을 벌까 궁리를 했지만 역시 쉬운 일은 아니었다. 1,000달러는 지금은 그렇게 큰돈이 아니지만 그 당시에는 커다란 집 한 채

값에 해당하는 엄청난 돈이었다.

헤스터는 무엇을 어떻게 해야 그 많은 1,000달러의 돈을 벌 수 있을까 궁리를 하면서 하루를 보내야 했다. 그러다가 한 가지 사실을 떠올렸다. 그 무렵 사람들은 크리스마스 행사 때 리본을 만들어 핀으로 옷에 꽂았다. 그러나 당시에는 일자 모양의 바늘 핀을 사용했기 때문에 일자 모양의 바늘 핀은 리본이 쉽게 빠질 뿐 아니라 찔리는 결점이 있었다.

한트는 그것을 보고 자신의 공작 솜씨를 발휘해 보기로 했다. '그래, 내가 잘 빠지지 않고 찔리지 않는 안전핀을 만들어 보자!'

이렇게 생각한 한트는 그날부터 철사와 공구를 가지고 핀에 대해 연구를 하기 시작했다. 그러나 10일이라는 한시적인 시간적 제약 때문에 밤잠도 자지 못하고 연구를 계속해야만 했다. 이런 한트를 볼 때마다 미안한 마음이 들었던 헤스터는 곁에서 늘 격려하며 사랑을 확인시켜 주었다.

1퍼센트의 로열티보다 더 소중한 사랑

헤스터 아버지와 약속했던 날이 단 하루밖에 남지 않았다.

하지만 한트는 돈을 벌기는커녕 연구를 한다고 방에만 틀어박혀 있었다. 이런 한트를 보면서 불안하고 초조하게 걱정을 하고 있던 헤스터가 그만 잠이 들고 말았다.

그러나 갑작스런 괴성이 들려와 잠이 깨었다. 한트는 잠자는 헤스터를 으스러지도록 끌어안았다. 놀라 잠이 깬 헤스터는 한트의 손에 안전핀이 쥐어 있는 것을 볼 수 있었다. 그 안전핀이란 요즘 우리가 옷핀이라고 부르는 것이다.

"됐어. 이젠 결혼할 수 있어. 이 정도면 1,000달러의 가치는 충분히 있어."

한트는 춤을 추듯 기뻐하면서 특허청으로 달려가 특허를 출원했다. 그리고는 리본 가게를 찾아가 옷핀의 특허를 1,000달러에 사라고 했다. 그러나 그 좋은 발명품을 너무 영세한 리본 가게에서는 1,000달러라는 큰돈이 없어 살 수가 없었다. 이곳

저곳을 돌다 실망만 가득 안고 집에 돌아온 한트는 긴 한숨을 쉬며 탄식을 하고 있었다. 10일의 시간이 다 된 마지막 날이라 어쩔 도리가 없었다.

그렇게 낙심을 하고 있을 때, 얼마 전에 찾아갔던 리본 가게 주인이 1,000달러를 들고 숨을 헐떡이며 찾아 왔다. 한트를 보내고 몇 시간이나 찾아 헤맸다는 것이다.

10일째 마지막 날 밤에 한트는 헤스터의 아버지를 당당하게 찾아갈 수가 있었다.

"약속대로 결혼을 승낙하여 주십시오. 여기 1,000달러가 있습니다."

그러나 헤스터의 아버지는 탄식하면서 이렇게 말했다.

"결혼을 승낙하네만, 자네는 생각보다 어리석은 사람 같네."

"무슨 말씀이신지⋯⋯."

"이 사람아 이렇게 좋은 발명품을 1,000달러에 파는 사람이 어디 있나. 이런 것은 얼마의 로열티를 받기로 해서 팔아야 하는 걸세, 정말 아쉬운 일이구면."

몇 년이 지난 뒤 헤스터의 아버지 말대로 이 옷핀을 샀던 리본 가게 주인은 전 세계에 이 옷핀을 팔아 엄청난 돈을 벌었다. 그것을 본 한트의 장인은 "이 사람아, 1퍼센트라도 로열티를 받기로 했다면 자네도 엄청난 부자가 되었을 걸⋯⋯." 하며 안타

까워했다. 이런 장인의 말을 들을 때마다 한트도 아깝다는 생각이 들었다. 그러나 한트는 이 세상에서 가장 아름답고 사랑하는 아내 헤스터를 얻은 것에 더 만족하고 있었다.

"장인어른, 저는 1퍼센트의 로열티보다, 세상의 많은 돈보다 더 소중한 것을 얻어 후회하지 않습니다. 그것은 내 삶의 등불을 환하게 밝힐 수 있는 동반자가 항상 곁에 있다는 것입니다. 전 그 사실에 만족하고 감사하답니다."

이 이야기는 누군가를 사랑하는 관계에서는 부(富)보다 먼저 우리가 생각해야 할 것이 무엇인지 깨닫게 해준다. 돈을 택하느냐, 사랑을 택하느냐, 그 기로에 섰을 때 이 청년은 눈앞에 부자가 될 수 있는 기회보다는 사랑을 선택했다.

사랑은 타이밍이다. 한 번 놓친 사랑은 아무리 많은 돈으로도 되돌릴 수 없다. 인생에서 돈보다 사랑하는 사람과의 관계가 더 소중하다는 것을 우리는 잊지 말아야 할 것이다. 지나버린 세월은 돌아올 수 없으며, 돈과 사랑의 두 갈래 길에서 한쪽 길을 택했을 때 우리는 다시는 다른 길로 갈 수 없다. 특히 사랑에 있어서는 더 그렇다. 돈은 다시 벌 수 있을지 몰라도 놓쳐버린 사랑은 지나버리는 세월 속에서 벌써 다른 인연이 되어 있을 것이다.

O5
질투심으로 가로막힌 직장 동료와의 관계

　내가 발명을 처음 시작하면서 학생들을 지도하느라 밤잠을 설쳐가며 열정을 쏟았을 때 이야기를 해볼까 한다. 온갖 발명 자료를 찾고 손까지 다치면서 작품을 제작한 결과 처음 큰 상을 받았을 때의 일이다. 상을 받고 학교에 왔을 때는 필자가 기뻐한 만큼 많은 다른 동료 교사들이 축하해 주고 기뻐해 주었다.

나는 스스로 뭔가를 해냈다는 성취감에 뿌듯했다. 또한 동료들의 축하를 받으니까 엔도르핀이 솟아나는 것처럼 행복이 온몸에 퍼졌다. 그래서 더 열심히 발명 일에 몰두할 수 있었다. 내가 노력한 만큼 결과도 계속 성공적으로 나왔다. 노력은 곧 많은 상으로 이어졌다. 그런데 이상한 건 처음 내가 상을 받았을 때처럼 다른 동료 교사들이 기뻐하거나 축하해주지 않는다는 것이다.

내가 상을 많이 받아올수록 동료 교사들의 표정은 전과는 달리 점점 다른 색깔을 띠고 있었다. 급기야 동료교사들이 나를 질투하고 음해한다는 사실도 알게 되었다. 동료들에게 상을 받은 기념으로 가끔 한 턱씩 내곤 했는데 그것조차 좋아하지 않는 눈치였다.

왜일까? 왜 가깝던 친구들이 진심어린 축하를 왜 해주지 않는 걸까? 처음에는 이런 의외의 반응에 많이 당황스러웠다. 동료 교사들은 오랜 시간 함께해온 친구들과 같은 존재이고, 또 다른 사회조직보다는 교단이 더 순수하다고 믿었고 그곳에서 함께 일해 온 직장동료들이었던 것이다.

한참을 고민해보았다. 왜 남의 좋은 일을 순수하게 축하해주지 못하는 걸까. 오랫동안 마음을 썩이며 생각해보다가 문득 예전부터 전해오는 이야기가 떠올랐다. '남보다 조금 나으면

남들로부터 질투의 대상이 되고, 남보다 많이 나으면 남들로부터 부러움의 대상이 되며, 남보다 아주 많이 나으면 남들로부터 존경의 대상이 된다' 는 말이다. 이 이야기가 실감이 났다.

남이 잘되는 것보다 자신이 잘되길 바라는 사람들의 속성을 잘 표현한 것이리라. 멀리 있는 사람보다 내 주변 가까이 있는 사람들이 내가 열심히 하는 것을 칭찬하기보다 질투의 대상으로 삼으려하는 경향이 있다.

인간관계 속에서 '질투라는 사막'을 건너는 법

우리가 살아가면서 주변의 질투를 극복하는 방법은 남의 질투를 즐기면서 생활하는 것이다. 남들이 나를 질투의 대상으로 삼는다면 나는 벌써 남보다 조금 나아지고 있다고 생각하면서 질투를 두려워하지 말라.

주변의 사람들이 질투를 한다는 건 내가 그들보다 조금 더 낫다는 뜻이리라. 질투를 넘어 부러움의 대상이 되고, 더 나아가 존경의 대상이 되도록 더 열심히 노력하면 자신의 발전에 남들의 질투가 오히려 도움이 된다.

남들의 시기 어린 질투를 자신에게 휘두르는 채찍으로 생각

하라. 그 채찍을 맞으면서 조금 참고 기다린다면 남들로부터 부러움과 존경의 대상이 될 수 있는 날이 바로 다가올 것이니까 말이다.

그리고 남들이 자신을 질투한다고 해서 자신까지 그들을 미워하거나 원망해선 안 된다. 오히려 남을 더 배려하면서 '나쁜 놈'도 '불쌍한 놈'도 '질투하는 사람'도 되지 말고 뚝심 있게 자기 길을 가면 된다. 특히 질투를 두려워하지 않고, 질투에 주눅 들지도 말며, 질투를 즐기면서 소신껏 세상을 살면서 하고픈 일을 열심히 하는 사람이 되자.

주변의 질투심 때문에 괴로워하는 사람이 있다면 이렇게 말해주고 싶다. 질투를 즐겨라! 질투를 즐기다 보면 어느새 주변 사람들이 정말 나를 부러워하는 걸 느끼고, 많은 사람들의 시선이 나에게 집중되는 것도 느낄 수 있을 것이다. 남들이 나를 부러워할 때 더욱 더 겸손하게 자신의 일을 열심히 한다면 틀림없이 존경의 대상이 될 수 있다.

우리는 인생을 살아가면서 남들과의 관계를 가장 어려워한다. 특히 직장에서 인간관계가 업무보다 더 힘들고 스트레스가 쌓인다고 하소연을 많이 한다. 사람들이 모이다 보면 그 관계 속에서 질투와 시기심 등이 항상 도사리고 있기 때문일 것이다.

사람이 모여 살아가면 질투는 필연적일 수밖에 없다고 생각한다. 인간의 본성 상 남보다 잘하고 싶고, 자기보다 잘하는 사람을 보면 질투가 나고 하는 법이다. 하지만 그걸 긍정적으로 승화시킨다면 인간관계 속에서 자기 발전을 이룰 수 있을 것이다. 그렇게 둥근 세상 둥글게 어울리며 살아간다면 그것이 곧 행복한 삶을 얻는 열쇠이다.

STEP 5

인생에는 반전이 있다

01
쪽박 삼겹살집이 대박 가게로
변신!

필자가 작은 연구실과 80여 점의 특허를 보유하고 있어서인
지 아는 사람들이 찾아와 특허를 빌려 달라고 청을 하는 경우
가 종종 있었다. 그런데 특허를 빌려주고 난 후 사업이 잘되면
본인의 사업 수완이 좋아서이고, 그렇지 않으면 특허 탓을 하

는 친구들을 보면서 다시는 특허를 빌려 주지 말아야겠다고 결심했다.

그러던 어느 날, 한 친구가 연구실에 찾아와 특허를 하나 달라기에 "자네가 필요한 것을 골라가게"라고 이야기를 했더니 그 친구는 먼지 쌓인 발명품들만 아무 말 없이 바라보다가 그냥 가버렸다. 그리곤 들려오는 소식이 명퇴를 한 그 친구는 어떤 사업을 할 것인지 고민 끝에 삼겹살집을 하기로 결정을 내렸다고 한다. 인근에 소문난 '삼겹살 집'에 손님이 많은 것을 보고서 음식 장사는 망하지 않으려니 싶었단다.

그런데 개업한지 3개월이 지나도 손님이 오질 않자 결국 나를 다시 찾아왔다.

"지금 이 상태로 3개월만 지나면 나는 쫄딱 망하게 생겼네. 그러니 좀 도와줬으면 좋겠네. 언제 시간 날 때 한번 우리 가게에 들러 주게."

나는 그 친구의 이야기를 듣고 약속한 날짜에 가게를 방문했다. 그런데 식당의 문을 들어서는 순간 왜 그 친구의 가게에 손님이 없는지 짐작할 수가 있었다. 눈앞의 친구는 무릎이 툭 튀어 나온 초 칠한 것처럼 번들거리는 추리닝 바지를 입고 식탁에 앉은 파리를 파리채로 사정없이 내려치고 있었다. 그리곤 사방으로 피를 튀기며 식탁을 더럽힌 파리의 사체를 손으로 쓱

쓱 문지르고 그 손을 내밀며 악수를 청한다.

그런 친구의 모습을 보고 깜짝 놀랐는데, 더 놀란 것은 주방으로 들어간 친구는 손도 씻지 않고 한 잔하자며 삼겹살을 손으로 썰어 소주와 함께 가지고 나온다.

너무 기가 막혀 한 마디를 쏘아붙였다.

"난 이런 곳에서는 술을 먹지 않아!"

그러자 친구의 얼굴이 붉으락푸르락 안색이 일그러진다. 그리고는 언제부터 그렇게 고급스런 식당에서 밥을 먹었냐는 듯 불쾌하게 쳐다봤다. 난 그 친구의 표정에 아랑곳 하지 않고 중학교 3학년 때 경험했던 이야기를 들려주었다. 필자의 집은 학교에서 4킬로미터가 떨어져 있었고, 버스는 한 시간에 한 대 정도씩 다니는 때였다.

그 당시는 항상 수업이 끝난 후면 몹시 허기가 졌다. 하루는 급하게 서둘러 버스 터미널에 와 버스를 타려고 했는데 아슬아슬하게 놓쳐버렸다. 다음 버스를 타려면 한 시간이나 기다려야 했다. 배에서는 아까부터 꼬르륵 소리가 났고, 정말 배가 고파 죽을 지경이었다. 당시는 용돈은 거의 없고 버스비가 전부였던 시절이었다. 이 돈으로 뭔가를 사 먹으면 버스를 탈 수 없게 되고, 아니면 주린 배를 움켜쥐고 한 시간을 기다려야 하는 양자택일을 해야 했다. 정말 죽느냐, 사느냐 하는 햄릿의 고민보

다 더 깊은 갈등에 빠졌다.

먹고 죽은 귀신은 때깔도 좋다고 하지 않았나. 나는 우선 배고픈 것부터 해결하고 보자는 심정이었다. 당장 가까이 보이는 중국집에 들어가 짬뽕 한 그릇을 시켰다. 그런데 짬뽕을 가지고 나오는 주인아저씨인 듯 보이는 사람이 짬뽕 그릇 안에 엄지손가락이 푹 빠진 채로 들고 나왔다. 그리곤 식탁에 짬뽕 그릇을 내려놓는데 앗, 그 순간 엄지손가락이 짬뽕 국물에서 빠져 나올 때 새까맣게 때가 낀 손톱이 눈에 들어 왔다.

처음엔 이것을 먹어야 하나, 말아야 하는 생각을 하다가 그릇 위로 수북이 쌓여 윤기가 흐르는 짬뽕 건더기를 보는 순간 다시 식욕이 돋아 허겁지겁 먹었다. 건더기를 웬만큼 먹고 나서 국물을 마시려고 보니까 그릇 주변에 기름 때로 보이는 새까만 지문 자국이 여기저기에 너무 많이 묻어 있었다. 도저히 입술을 댈 곳이 없었다. 지금 같으면 주인아저씨에게 항의를 하겠지만 순진하기만 했던 당시에는 그냥 아무 말도 못하고 나왔다.

먹지 못한 짬뽕국물이 너무 아까웠다. 게다가 차비까지 털어서 먹었던 짬뽕이라 더 억울한 마음이 들었다. 4킬로미터를 걸어 집에 오는 동안 다시는 짬뽕을 먹지 않겠다고 다짐을 하고 한동안 정말로 짬뽕을 먹지 않았던 기억이 있다.

자기만의 차별화 전략을 가져라

친구는 내 이야기를 다 듣고 알았다며 고개를 끄덕였다. 나는 그 친구에게 내가 이 식당에서 보고 느낀 점을 몇 가지 덧붙여 이야기해 주었다.

"나를 이곳까지 초청했으니 몇 가지 알려주고 가겠네. 첫 번째는 자네처럼 옷을 아무거나 걸치고 서비스해주는 음식점과 깔끔한 제복을 입고 서빙하는 음식점 중 어느 곳이 더 음식 맛이 나겠는가? 기왕 식당을 하는데 항상 손님들 입장에서 생각해 보게. 그리고 두 번째는 식당에서 파리를 잡거나 바퀴벌레 잡는 것을 자네가 하지 말고 용역회사에게 맡기게. 세 번째는 내게 가져온 컵이 갈색의 플라스틱 컵인데 왠지 구질구질해 보이지 않는가? 지금 이 상태로 3개월 정도 더 버틸 수 있겠는가?"

친구는 망설이다가 눈길을 아래로 피하며 힘없이 조그맣게 대답했다.

"글쎄, 요즘처럼 장사가 안 된다면 3개월 후에는 길거리에 나앉겠지 뭐……."

나는 그 말에 금방 되받아 말을 이었다.

"내가 좀 전에 보니까 진열장에 크리스털 컵들이 잔뜩 진열되어 있던데……. 저건 도대체 삶아먹을 건가. 이 상태로 장사가 안 돼서 길거리에 나앉는다면 그때는 그 컵도 길거리에 내버려질 게 아닌가."

친구는 아무런 대답이 없다. 나는 다른 집과 차별화할 수 있는 음식을 밑반찬으로 더 줄 것은 없는가를 물었다. 그랬더니 그럴 돈이 없다고 한다. 나는 식당 주변을 둘러보았다. 한 쪽에 커다란 콩가루 봉지가 눈에 띄었다. 난 당장 네 번째 솔루션을 제시했다. 삼겹살과 음식이 식탁으로 나갈 때 콩가루를 함께 제공할 것을 권했다. 왜냐고 묻는 친구 말에 그냥 줘 보라고 이야기를 했다.

그리고 마지막 해결책으로 식당에 와서 식사를 마치고 나가는 손님에게 선물을 하나씩 줘 보라고 했더니 예산이 없어 줄 수가 없단다. 그렇다면 식당 한구석에 쌓여 있는 물수건이라도 주라고 당부하면서 식당을 나왔다.

3개월 쯤 지났을 때쯤 그 친구에게서 연락이 왔다. 가게가 비좁아 옮겨야겠으니 다시 한 번 와달라고 했다. 시간을 내 찾아간 친구 가게에서는 놀랄 만한 광경이 벌어지고 있었다. 파리만 날리고 손님이 없어 울상이던 삼겹살집 가게 앞에는 사람들이

번호표를 받고 줄을 서 있는 것이다.

어찌 된 사정인지 물었더니 친구는 싱글벙글 하며 미주알고 주알 그동안 있었던 일들을 이야기해주었다. 내가 다녀간 뒤 무조건 마지막이라는 생각으로 필자가 시키는 대로 하기로 마음먹었단다. 그리고 그대로 실천을 했더니 이렇게 됐다며 자랑을 한다.

발명은 먼 곳에 있는 것이 아니다

내가 다녀간 다음 날부터 이 친구는 회사에 다닐 때 입던 양복을 입고 문 앞에서 지나가는 사람들에게 "어서 오십시오"라고 큰 소리로 인사를 하기 시작했다. 다른 것들도 나의 조언대로 가게를 운영했다고 한다. 하지만 처음에는 손님이 없어 애를 태우고 있었다.

그러던 어느 날 한 무리의 손님이 들어오면서 푸념을 늘어놓더란다. 그 내용인 즉 맛있기로 이름난 음식점에 갔는데 사람이 너무 많이 북적대서 음식을 먹는데 정신이 없고 일하는 종업원들의 태도도 불손해 상당히 불쾌했다는 이야기였다. 아무리 맛있는 집이라도 다시는 가고 싶지 않다며 다들 투덜거렸다.

    친구는 그 이야기를 웃음 띤 얼굴로 잘 받아주었다. 그리고 정중하게 안내를 하고 접대하면서 이 팀을 다시 찾아오게 하지 못하면 자기는 결국 망할 것이라는 생각이 들었다고 한다. 그러자 온몸이 떨리고 긴장이 되었단다. 정말 최고의 대접을 한번 해보자는 마음으로 자신의 집에서 가장 아끼는 크리스털 컵을 꺼냈다. 그리곤 지문이 묻을 것을 걱정해서 티슈로 싼 후 정수기 물을 받아 컵받침에 받쳐 손님상에 정중하게 내려놓았다. 그랬더니 손님 중 한 명이 "이 집이 삼겹살집이 맞지요?" 하며 묻더란다.

    그리고 삼겹살과 함께 콩가루를 식탁에 올려놓았더니 한 사람이 "이 콩가루는 어떻게 먹는 것입니까?" 라며 다시 질문을 하기에 이 친구는 순간적으로 떠오른 말을 했다.

    "예, 참기름에 찍어 드셔도 고소하지만 이 콩가루에 찍어 드시면 담백할 것입니다."

    그러자 손님 중 한 사람이 얼른 고기 한 점을 콩가루에 찍어 입안에 넣고는 잠시 음미하는 듯하였다.

    그리고 그 손님의 입에선 "야~ 정말 담백하네" 하는 감탄이 흘러나왔다. 그러자 일행들은 너도 나도 콩가루를 찍어 먹으며 맛있다고 한다. 실제는 콩가루에 찍어 먹으면 다소 텁텁한 느낌이 나는데도…….

긴장된 그 자리를 피해 카운터에 와 있던 친구가 식사를 마치고 돌아가는 손님들에게 물수건을 하나씩 건네주려고 준비를 하고 있었다. 손님들이 왜 이 물수건을 주느냐고 물으면 뭐라 답을 해야 할까 망설이고 있는데 손님들이 나오더란다. 친구가 조심스럽게 물수건을 건네자 예상대로 한 손님이 웬 물수건이냐고 묻기에 친구는 다음과 같이 대답했단다.

"예, 저희 집의 맛과 정성은 가져가도 좋지만 냄새와 흔적은 지우고 가시라고 드리는 것입니다."

이 이야기를 들은 손님들은 황송해하면서 음식도 맛있었고 특히 콩고물에 찍어먹는 맛은 일품이었다고 칭찬을 해주었다. 또 식사 후 물수건을 주는 것 또한 특이하다며 다음에 꼭 다시 오겠노라고 약속을 하며 갔다.

그 후 그때 왔던 손님들이 각기 다른 많은 손님들을 모셔오기 시작했다. 그 친구는 한번 온 손님들을 절대 놓치지 않기 위해 최선을 다한 결과 '콩가루 삼겹살집'은 손님들로 문전성시를 이루게 되었다. 그래서 지금은 더 큰 가게로 이사를 갈까 생각 중이라며 신이 나서 이야기를 해주었다. 나는 친구에게 항상 초심을 잃지 말고 최선을 다하는 자세를 가져야 오래 장수할 수 있다고 다시 당부를 하며 돌아왔다.

요즘 흔히 '사오정'이란 말을 쉽게 들을 수 있다. 물론, 교직

사회에서야 들을 수 없는 이야기이지만, 일반 회사에 다니는 사람들에게는 상당히 심각한 이야기인 듯 싶다. 더구나 명퇴한 사람 80%가 식당업을 하고 또 그 중 80%가 망하고 있다고 한다. 나만의 전략, 즉 나만의 아이디어가 없다면 평생 일한 대가인 퇴직금을 모두 날리게 된다.

공작물을 만드는 것만이 발명인 것으로 착각하는 사람들이 많이 있다. 그러나 생활 속의 불편함을 찾아 개선하는 모든 것이 발명이다. 작은 아이스크림 하나를 팔든 삼겹살집을 운영하든 자신이 새로운 아이디어를 계속 계발한다면 자기 분야에서 결코 남에게 뒤지지 않고 앞서 갈 수 있다고 확신한다. 그러기 위해서는 끊임없는 노력이 수반되어야 함은 물론이다. 남이 하는 방법을 쫓아 하는 것이 아니라 남과 다른 나의 방법을 찾는 것이 성공 비결이 아닐까 생각한다.

02
전교 꼴찌가 세계 1등으로

"선생님! 제 아이를 발명반에 받아 주세요. 부탁이에요."

"어머님! 죄송하지만 그 학생은 안 됩니다. 미안합니다."

"왜죠? 선생님께서는 학생들을 선발하여 발명반을 운영하시는 거예요?"

민준이 엄마는 강한 어조로 항변한다.

"선별해 선발하는 것은 아닌데, 이 학생은 태도가 잘못돼 있어 받을 수 없습니다. 이 학생이 들어오면 우리 발명반 학생들의 분위기를 망칠 수 있기 때문이죠."

"그럼, 어떻게 해야 제 아들을 받아 주실 건가요?"

"꼭 발명반에 들어오고 싶다면 매일 수업이 끝난 후 운동장한가운데에 서서 '나는 세계 최고가 되겠습니다' 라고 30분씩한 달 동안 외치세요. 그럼 제가 우리 발명반 학생으로 받겠습니다."

내 말이 떨어지자 힘없이 고개를 떨어뜨린 엄마는 원망 섞인목소리로 "그렇게 하면 정말 받아 주실 건가요?"라고 되묻는다.

"그럼 그렇게 하겠습니다." 라고 대답하자, 곁에 있던 민준이는 "안 해요. 왜 내가 그런 짓을 해야 해요?" 하면서 강하게 거부한다. 그러나 엄마는 거부하면서 나가지 않으려고 버티는 민준이와 씨름한다.

한참동안 실랑이 끝에 엄마는 아이를 운동장 한가운데로 끌고 나갔다. 하지만 민준이는 고개를 푹 숙이고 있고 민준 엄마혼자서만 외치기 시작한다.

"나는 세계 최고가 되겠습니다, 나는 세계 최고가 되겠습니다……"

세상과 만나는 지혜

    큰 소리로 고함을 치는 민준 엄마 두 눈에서 흐르는 눈물이 햇빛에 반사되어 반짝인다. 하교를 하던 학생들은 운동장 한가운데에서 "나는 세계 최고가 되겠습니다."하고 외치는 민준 엄마를 보고 무슨 대단한 구경거리라도 난 줄 알고 운동장으로 모여들었다. 곧 민준이와 민준 엄마는 아이들로 둥글게 에워싸였다.

    이 이야기는 전교 성적이 꼴등인 학생을 데리고 찾아와 아들을 발명반에 넣어 달라며 사정하는 학부모와 있었던 사연이다. 그 당시 내가 운영하는 발명반 학생들 대부분이 수도권 대학에 합격했기 때문에 민준 엄마는 나를 찾아온 것이다. 그 학생의 성향과 성적을 잘 알고 있던 나는 그대로 받아들일 수 없었다. 그래서 완곡한 거절의 뜻으로 그 학부모에게 무리한 요구를 했던 것이다.

    처음 10일 정도는 민준이는 고개를 떨어뜨린 채 엄마 혼자서만 소리를 지르고 있었다. 하지만 10여일이 지난 후에는 엄마와 아들이 함께 소리를 지르다가 20일이 지난 후부터는 민준이 혼자 소리를 지르기 시작했다.

가출소년에서 발명 로봇반으로 리턴

한 달이 지난 후 민준은 엄마와 함께 발명 반에 들어와 항변하듯 외쳤다.

"한 달 30분씩 하루도 빠지지 않고 다 채웠어요. 이제 제 아들을 받아주세요."

항변하듯 외치는 목소리는 독을 품은 듯했다. 민준 엄마는 검게 그을린 얼굴로 지쳐 있는 모습이 역력했다. 꼴찌 자식을 그래도 대학에 보내고 싶어 하는 모성애가 정말 위대해 보였다. 난 조용히 민준 엄마에게 물었다.

"민준 어머님, 민준이가 왜 이렇게 공부를 하지 않게 되었나요?"

그러자 민준 어머니는 눈물을 글썽이며 이야기를 시작한다.

"우리 아들이 초등학교 5학년 때까지는 제법 공부도 잘하고 선생님으로부터 칭찬도 많이 받던 학생이었죠. 그런데 민준이 생일날 삼촌이 게임기를 선물해 준 뒤로는 게임에 완전히 빠져 헤어나질 못하는 거예요. 결국 민준 아빠와 의논해서 게임기를 버렸어요. 그런 다음부터는 민준이는 컴퓨터로 게임을 하기 시작했고, 점점 무기력해졌어요. 우리 부부는 집안에 있는

컴퓨터도 치워 버렸어요. 그랬더니 민준이는 다음 날부터 아예 집엘 들어오지 않는 거예요. 매일 오락실에서 사는 거죠. 그때부터 매일 민준이를 찾으러 오락실로 다니는 게 일상이 되었지요. 그렇게 게임에 빠진 아들과 숨바꼭질을 시작하게 되었어요. 그런데 중학교에 들어와서부터 민준이는 아예 자기를 찾지 못하게 멀리 떨어진 다른 동네 오락실로 가버렸어요. 그러자 저도 거의 자포자기가 되었고 결국 여기까지 온 것이죠."

나는 다시 물었다.

"그러면 민준이가 오락에 빠지기 전에 좋아했거나 잘했던 것은 없습니까?"

"특별한 것은 없지만 로봇 조립하는 것과 만드는 것을 좋아했어요."

그렇게 이야기를 나누고 있는 중에 전화가 왔다. 전화 내용은 '전국로봇○○협회'를 만들려고 하니 협회 이사를 맡아 달라는 부탁이다. 이 전화를 받으면서 얼핏 한 가지 생각이 섬광처럼 스쳐지나갔다. 민준이에게 로봇을 지도하면 어떨까.

그래서 내가 이사직을 승낙하는 대신 한 가지 조건을 걸었다. 우리 학교에 로봇 지도를 잘하는 선생님을 1주에 한 번씩 파견해 달라는 것이었다. 그 뒤 협회의 도움으로 민준이를 포함하여 5명의 학생을 발명 로봇 반으로 편성해 교육을 시작했다.

꿈이 가져다주는 행복한 변화

나는 발명반 학생들에게 큰 꿈을 갖게 하기 위해 인사 방법을 조금 다르게 했다. 수업 시작 전 후에 반장이 차렷, 경례 인사를 할 때 "나는 세계 최고가 되겠습니다."라고 외치도록 했다. 창피한 것을 모르는 녀석들이 처음에는 어색해 하고 쑥스러워 하더니 나중에는 익숙해져 아주 자연스러워졌다.

그렇게 시작된 로봇 반은 내가 퇴근하는 밤 10시까지 남아서 로봇을 가지고 노는 것이 그 학생들의 일과였다. 발명반 교실에서는 발명과 로봇 이외에는 절대 다른 공부를 하지 못하게 하고, 로봇만 가지고 놀게 했더니 다들 로봇에 열심이었다.

학생들이 내 이야기에 잘 따라 주었다기보다는 아주 로봇에 빠져 살았고 신바람이 나 있었다. 매일 불만으로 가득 차 있던 학생들의 표정은 몰라보게 달라져 행복한 얼굴로 바뀌기 시작했다.

로봇에 무지한 나는 로봇 선생님이 1주에 한 번씩 가르쳐 주고 돌아가면 선생님이 가르쳤던 것을 토대로 학생들이 반복 훈련을 하도록 했다. 로봇 센서에 대한 반응과 배터리 상태에 대한 관성력 등을 체크할 수 있게 하는데 중점을 두며 지도했다.

이렇게 시간이 흘러 어느덧 1년이 다 되어 갈 즈음이었다. 전국
학생로봇페스티벌이 열렸고 그 대회에서 우리 학교 발명반은 3
위로 입상을 했다.

그런데 그 대회에서는 1등 팀만 세계 로봇대회에 참석할 수
있었다. 학생들은 만족한 듯 보였지만, 우리의 인사 구호가 "나
는 세계 최고가 되겠습니다."이었던 만큼 나로서는 만족할 수
없었다.

어찌해야 할지 고민을 하던 중에 이사회가 있으니 참석해 달
라는 연락이 왔다. 하늘이 돕는다는 생각이 들었다. 난 이사회
에 참가하여 세계 대회에 1위 팀만 보낼 경우 1위 팀이 실수라
도 하면 국위를 선양하는데 문제가 있으니 3위 팀까지 참가시
키자는 주장을 했다.

협회에서는 난색을 표하면서 예산이 없다는 것이다. 그렇다면 1위 팀은 협회 예산으로 보내고 2위와 3위 팀은 자비로 보내자고 했더니 협회에서도 찬성을 했다. 게다가 항공료만 내면 숙식비는 협회에서 부담하겠다는 이야기도 덧붙였다.

세계 로봇대회에 참가하다

우여곡절 끝에 우리 학생들은 한국 대표로 미국 디트로이트 대회에 참가할 수 있었다. 국제대회에 처음 참가한 학생들은 대회보다 해외에 나간다는 사실에 더 들떠 있었다. 대회 에는 우리나라, 미국, 캐나다 등을 포함해 64개 팀이 참가했다.

첫날부터 축제 분위기 속에 치러진 대회는 내 눈을 의심할 정도로 우리 학생들이 잘했다. 우리나라에서 1등으로 참가한 팀을 앞선 것은 물론이고 전체 팀 중에서 5위 이내에 들 정도로 뛰어난 실력을 나타냈고 1차전보다 2차전에서는 3위 이내에 들 정도로 아주 뛰어난 기량을 보였다. 정말 뜻밖의 선전에 그저 놀랄 뿐이었다. 난 우리 학생들이 첫해에 메달을 따는가 싶어 매우 흥분해 있었다.

드디어 대회 마지막 날이 되었다. 마지막 날에는 대회를 마무

리하면서 인터뷰만 하고 인터뷰 성적을 마무리해서 종합 평가를 발표하는 것이다. 인터뷰 때 발표할 내용을 준비하고 발표문을 작성해 학생들에게 주었다. 인터뷰가 시작되고 영어로 더듬거리며 써 준 것을 읽으니까 심사위원이 뭐라 질문을 한다. 우리 학생들은 아무런 대답이 없다. 묵묵부답이다. 고개는 땅만을 쳐다보고 심사위원과 눈을 마주치는 사람이 없다. 그렇게 몇 분이 흐르고 인터뷰가 끝났다.

인터뷰가 모두 끝난 후 성적 발표가 있었다. 우리 학생들이 로봇 실력으로는 3위 이내에 들 성적인데 인터뷰 때문에 14위란다. 가슴이 답답해졌다. 내가 이 학생들을 가르쳐야 할지 말아야 할지 막막해진다. 철없는 학생들은 14등이 자랑스러운지 두 주먹을 불끈 쥐고 뛰어다니면서 14등을 연호한다.

"14등! 14등!"

로봇뿐만 아니라 영어까지 정복하다

귀국 후 학교에 돌아온 학생들은 아직도 14등한 것이 자랑스러워 발명실에 와서도 미국에서 있었던 이야기로 다시 이야기꽃을 피웠다. 영어를 가르치는 데 자신이 없던 나는 이 학생들

을 더 지도할 용기가 나지 않았다.

학생들을 방치해 둔 채 나는 어떻게 해야 할지 골똘히 고민에 빠졌다. 그 동안에도 학생들은 계속 소란스럽게 떠들어 댄다. 그렇게 2시간 정도 흐른 뒤에 내가 겨우 입을 열었다.

"지금부터 여러분들이 이 교실에 들어와서 한 말들을 한 마디 빠뜨리지 말고 A4용지에 모두 기록하세요. 만약 기록하지 않는 말이 있다면 개인에게 불이익이 갈 것입니다."라며 엄포도 함께 주었다.

학생들은 내 지시대로 모두 써내었다. 학생들을 모두 일찍 보내고 학생들이 써낸 문장들을 정리하기 시작했다. 그 문장들을 다 정리해 보니 대략 100여 개가 만들어졌다. 이렇게 정리해 만들어진 문장을 영어 선생님께 부탁해 영어로 전환했다. 그리고 그 내용을 플로터로 크게 출력하여 발명반의 빈 벽에 빙 둘러 붙였다. 물론 우리말과 영어를 함께 써서……. 다음 날 학생들이 들어오면서 이게 뭐냐고 난리다. 학생들에게 영어로 만든 100여 문장의 내용을 A4용지에도 인쇄를 하여 나누어 주면서 이야기를 했다.

"자, 여러분! 지금 오늘 이 시간부터는 이 교실 안에서 우리말을 절대로 사용하면 안 됩니다. 만약 우리말을 사용하다 적발되면 3진 아웃을 시키겠습니다."

여기서 아웃이란 발명반에서 퇴출되는 것을 의미한다. 학생들이 제일 두려워하는 말은 발명 반에서 나가라는 말이다. 그런데 뜻밖에도 학생들이 영어를 읽을 줄 모른다고 고백했다. 하는 수 없이 고민 끝에 영어를 우리말로 써주기로 하고 다시 인쇄를 하여 벽에 붙였다.

그렇게 6개월이 지난 후에 학생들은 몰라보게 달라졌고, 영어 회화반의 학생들 못지않게 영어를 잘하고 있었다. 영어 사전을 들고 공부를 시작하더니 다른 과목에도 집중을 하기 시작하는 것이다. 그렇게 시간이 흘러 다시 미국 디트로이트 로봇대회에 나갔다.

인터뷰가 뒷받침을 해주다 보니 뛰어난 실력으로 68개 팀 중 3위에 입상을 하게 되어 처음으로 트로피를 받아올 수 있었다. 학생과 학부모뿐만 아니라 학교도 난리가 났다. 교문에 현수막이 붙고 일간지에 신문 기사가 나오자 학생들은 할 수 있다는 자신감으로 가득 찼다. 그리고 그 여세를 몰아 그 다음해에는 2위를 하게 되었고, 그 다음해에는 당당하게 74개 팀 중에서 우리가 그렇게 바라던 1등을 해 우승 트로피를 들고 입국을 할 수 있었다.

행복한 오늘과 보람찬 내일을 위해

처음에는 입으로만 "세계 최고가 되겠습니다."하며 외치던 것이 현실로 다가 왔고, 이제 학생들은 자신감에 넘쳐 있었다. 난 세계 대회에서 1위를 하고 돌아온 학생들을 보면서 이들을 어떻게 하면 정말 미래 세계를 이끌 지도자로 만들 수 있을까 하는 생각을 했다.

로봇만 전문적으로 가르치는 대학을 찾아 외국으로 유학을 보내 세계 최고의 로봇 권위자로 키워 보겠다는 결심도 굳혔다. 어찌해야 할까 궁리를 하던 중 외국인 학교가 생각이나 외

국인 학교를 찾아가 교장을 만났다. 그리고 그 학교 교장선생님과 학생들을 우리 학교로 초청했다. 고등학생이 된 로봇반 학생들도 다 같이 초청을 해 로봇 쇼를 벌였다. 미국인 학교 학생들은 그 쇼를 보고 감탄하며 자리를 떠날 줄을 몰랐다. 외국인 학교 교장 선생님도 원더풀을 연발했다.

그때 나는 우리 학생들에게 미국에 있는 로봇 학교를 갈 수 있는 길을 안내해 준다면 내가 당신네 학교 학생들에게 로봇 교육을 시켜 주겠다는 제안을 했다. 그랬더니 흔쾌히 받아주었다. 그런데 조건이 있었다. 미국 학생들을 내가 책임지고 매일 데리고 다니라는 것이다.

당시에 나는 구인두암(편도암) 3기 말로 수술을 받고 학교를 쉬었다가 복직한 상태였다. 혼자서도 몸을 추스르기 힘든 상태라서 그 제의를 수락할 수가 없었다. 그러다 학생들이 고등학교 3학년이던 어느 날 아이들을 불러 이야기를 시작했다.

"내가 건강 때문에 미국 대학으로 안내하지 못해 미안하구나. 하지만 너희들이 가고 싶은 국내 대학을 한번 이야기해 봐."

이렇게 말했더니 5명의 학생들이 K대, Y대, D대, I대를 쓰고 마지막으로 엄마와 함께 찾아왔던 학생은 로봇을 잘 가르치는 대학을 찾아 가고 싶다며 G대를 선택했다. 결국 이 학생들 모

두 다 1차에 합격해 지금 모두 대학생활을 잘하고 있다.

올해 스승의 날은 나에게 아주 특별한 의미가 있는 날이었다. 당시의 제자들이 알바를 해 모은 돈으로 양복을 선물로 가져왔다. 그 양복을 나는 요즘 자랑스럽게 입고 다닌다. 교사로서 보람이 이런 것이 아닌가 싶다. 행복한 오늘과 보람찬 내일을 위해 난 오늘도 발명교실로 향한다.

03
청소부가 이사로 승진하다

"이봐요, 총각! 왜 장례를 치르지 않고 시체를 방안에 두고 썩히는 거요? 도대체 이게 뭐하는 짓이에요? 아이쿠! 이 구더기 좀 봐……. 윽! 이 냄새 어떡해요. 냄새 때문에 도대체 살수가 없네. 당신 때문에 집값까지 떨어지게 생겼으니 빨리 장례를 치르고 이 집에서 이사를 나가세요. 난 이제 더 이상 당신

을 꼴도 보기 싫으니까!?"

집주인이 악을 쓰며 장례를 치르고 나가라며 소리를 지른다. 반 지하에서 셋방을 살고 있는 양민석씨는 돈이 없어 제때 장례를 치르지 못하다 보니 어머님의 주검이 썩어가는 데도 그냥 주검 앞에서 울고만 있었다.

양 씨는 경상도 시골에서 태어나 홀어머니 밑에서 고등학교를 졸업했다. 그 후 아무런 준비 없이 어머니와 함께 단 둘이 서울에 올라왔다. 양 씨는 학력도 보잘 것 없고, 배경도 없고 아는 사람 하나도 없는 서울에서 직장을 구하겠다며 열심히 거리를 헤매고 다녔다. 그러나 어디에서고 주변머리마저 없는 양 씨를 써주는 곳은 없었다. 그래도 그는 매일 발품만 열심히 팔고 다녔다.

양씨는 그날도 점심까지 굶고 주린 배를 움켜쥐고 취직자리를 찾으려 열심히 시내를 돌아다녔다. 그리곤 집에 돌아와 어머니를 찾았으나 대답이 없었다. 이내 양씨의 눈에 들어온 건 어머니의 싸늘한 시신 뿐……

서울 하늘 아래 어머니와 양 씨 단 둘뿐이었는데, 어머니가 갑작스럽게 돌아가시자 그는 어찌할 바를 모르고 울고만 있었던 것이다. 도움을 청할 사람도, 일가친척도 없었다. 연락할 곳도 없고 방법도 몰라 어쩔 수 없이 마냥 어머니의 주검 앞에서

울고만 있다가 하루가 지났다. 그리고 이틀, 삼일이 지나자 더운 여름날에 주검에서는 썩은 물이 흘러 나왔다. 나흘이 지나고 닷새가 지나자 주검에서 하얀 구더기가 나와 방안을 덮기 시작했다.

양씨는 주검에서 흐르는 썩은 물과 구더기는 어머님께서 생전에 입으시던 옷으로 대충 감추었다. 그러나 냄새는 감출 수가 없어 그냥 문만 꼭꼭 닫고 눈물만 흘리며 통곡만 할 뿐이었다. 그런데 이상한 냄새가 나는 집안을 찾아 헤매던 집주인 아주머니가 방문을 열면서 기겁을 한 것이다. 주인아주머니는 빨리 장례를 치르고 이사를 가라고 고함을 질렀다. 이 소리에도 양민석씨는 머리만 조아리며 눈물만 흘릴 뿐 어찌할 바를 모르고 있었다.

무슨 일을 해서 보답을 할까?

한참 후 정신을 가다듬은 양씨는 주인집 아주머니에게 돈이 없어 장례를 치를 수 없으니 한 번 도와주면 평생 그 은혜를 잊지 않겠노라며 사정을 이야기했다. 그 이야기를 들은 주인집 아주머니는 동사무소에 가서 시체가 안방에서 썩어 가고 있으

니 빨리 장례를 치러달라며 양민석씨의 사정 이야기를 전해주었다. 그 후 동사무소에서 직원들이 현장에 나와 장례를 치러주고 장례에 들어간 비용을 청구서로 제출하며 반드시 갚을 것을 요구했다.

그 이야기를 들은 양민석씨는 지금 당장 먹을 쌀도 없고 일자리가 없어 갚을 길이 없으니 염치가 없지만, 자신을 취직이라도 시켜준다면 오늘 장례를 치러준 은혜와 빚을 꼭 갚겠다고 약속을 했다.

양씨의 처지를 불쌍히 여긴 동사무소에서는 동사무소와 같은 동에 있는 K기업에 부탁을 하여 양민석씨가 임시 청소부로 일할 수 있게 했다. K회사에 임시 청소부로 입사해 생산라인에 배정을 받아 청소를 하게 된 양민석씨는 임시 청소부지만 할 일이 있고 사람을 만날 수 있다는 것이 기뻐서 덩실덩실 춤을 추며 세상을 다 가진 듯한 기분이었다.

매일 벽만 보고 있던 양민석씨는 잠을 자다가도 회사에 출근해 사람들을 만나고 일할 생각을 하면 잠도 오지 않고 빨리 출근하고 싶기만 했다. 밤새도록 방안을 서성이며 날이 밝기만을 기다렸다. 양씨는 자기에게 해야 할 일을 주고, 사람도 만날 수 있게 해주고, 밥도 주면서 월급까지 꼬박꼬박 챙겨주는 K회사가 정말 고마웠다. 이런 회사 덕분에 매일이 행복했다.

양민석씨는 다른 청소부들과 함께 열심히 주어진 바닥 청소를 다 끝내고 나서도 '또 무슨 일을 할까? 나에게 행복을 주는 이 회사에 어떤 일로 보답할 수 있을까?' 라는 생각에 골몰했다. 이렇게 양씨는 회사에 보답하겠다는 마음으로 가득 차 있었다.

그 고마움을 열정과 성실함과 책임감으로 보답하겠다는 생각을 한 양민석씨는 바닥 청소를 다 끝내고도 다른 청소부들처럼 한 쪽에서 쉬지 않았다. 양씨는 남과 다르게 또 다른 할 일을 찾기 시작했다. 청소부로 어떤 일을 더 하면 좋을까 생각하며 둘러보다 기름때와 먼지로 덮여 있는 기계를 발견했다. 곧 그걸 깨끗하게 닦고 기름칠까지 해서 광택을 냈다.

그러던 어느 휴일 양민석씨는 집에서 쉬다가 혼자 빈둥거리고 있는 것보다 공장에 출근해 또 다른 할 일을 찾아보는 것이 낫겠다는 생각이 들었다. 바로 회사에 출근해 자신이 맡은 생산라인을 돌아보는데 기계에서 시커먼 기름이 뚝뚝 떨어지고 있었다.

양씨는 그동안 깨끗하게 청소한 기계에 시커먼 기름이 떨어져 더럽힌다는 생각에 다시는 기름이 떨어지지 않게 기계를 분해해 청소를 했다. 그러고 나서 기름칠을 한 다음 단단히 조립해 놓았다.

그렇게 시작한 기계의 분해 청소가 기계의 수명을 늘려 회사에 도움이 된다는 생각이 들자 양씨는 점점 범위를 확대해 나갔다. 그러자 곧 그 일은 양씨에게 즐거움과 성취감으로 다가왔다. 결국은 조금씩 해오던 분해청소가 생산 라인 전체에까지 이르게 됐다.

'적자생존(기록하고 적는 자만이 살아남는다)'

양민석씨가 기계를 분해해 청소를 시작한 후부터는 그가 맡은 생산라인과 다른 생산라인에서 나는 기계 소리가 조금씩

다르게 들리기 시작했다. 그 소리는 시간이 흐를수록 점점 더 확연한 차이가 났다. 양씨가 맡은 생산라인의 기계 돌아가는 소리는 사각사각하며 부드러웠다. 반면 다른 생산라인에서는 덜거덕 덜거덕거리는 기계 소리가 났다. 마치 생산라인의 기계 자체가 다른 것 같았다.

결국 양씨가 속한 라인의 생산량까지 증가하는 기적 같은 일이 발생했다. 그러다 보니 모든 생산라인 조장들이 양씨를 서로 자신들의 생산라인으로 데려가기 위해 다툼까지 일어났다.

평소 '적자생존(기록하고 적는 자만이 살아남는다)'이 습관화되어 있던 양민석씨는 열심히 청소를 하면서 느끼는 불편함과 개선방법까지 꼼꼼하게 기록하는 것을 잊지 않았다. 그러던 중 K사는 회장님의 교체가 있었다. 교체된 K회장은 회사의 불편사항을 접수 받아 불편함을 개선하는 제안제도를 실시하겠다는 발표를 했다.

그 제안 제도는 K사 전 사원을 대상으로 제안을 받아 제안한 내용이 채택이 되면 제안자에게 1건당 50,000원씩(당시 대졸 사원 초봉 200,000원 내외였음)을 포상금으로 주겠다는 내용이었다.

양민석씨는 자신이 그동안 청소를 하면서 불편함과 개선방법을 기록했던 사항들을 깨끗하게 정리하여 제안을 하기 시작

했다. 그 제안들 대부분은 채택이 되어 양민석씨는 월급보다도
많은 포상금을 받았다.

그렇게 1년여의 시간이 흐르자 제안제도를 실시했던 K회장은
회사에서 가장 많은 제안을 한 사람을 뽑아 올리라는 지시를
내렸고, 최고의 제안자로 양민석씨가 선정되었다.

양민석씨가 최고의 제안자로 K회장에게 보고되자 K회장은
역정을 내며 우리 회사에는 박사, 석사도 많고 연구원들도 많
은데 어떻게 임시청소부가 1위로 올라올 수 있느냐며 다시 조
사할 것을 지시했다. 총무과에서는 다시 조사를 해도 양민석
씨는 다른 사람과는 비교할 수 없을 만큼 가장 많은 제안을 했
다는 보고를 다시 할 수밖에 없었다.

작은 일에도 최선을 다한다면 기회의 문은 열린다

K회장은 회장실로 양민석씨를 불러 제안을 많이 하게 된 자
초지종과 이 회사에 들어오게 된 동기 등을 물었다. 양씨는 그
동안 살아온 이야기와 어머님의 장례 문제 때문에 이 회사에
임시 청소부로 들어오게 된 사연 등을 들려주었다. 그 이야기
를 들은 K회장은 눈시울을 적시며 전 직원 앞에서 다시 한 번

그 사연을 말해달라고 했다.

그 후 최고의 제안자로 선정된 양민석씨는 세계 일주 여행권을 포상으로 받았다. 또 K사 전 직원 앞에서 자신이 살아온 과정과 제안을 많이 하게 된 경위 등을 이야기하면서 사내에서 유명세를 타게 되었다.

K사의 회장은 많은 다른 기업의 회장들을 만나 양민석씨의 이야기를 자연스럽게 하게 되었다. 그러자 다른 기업의 회장들은 양민석씨를 자신의 회사로 보내 강의를 할 수 있게 해달라고 초청들을 했다.

그런데 양민석씨는 강의를 하는 문제보다 소개하는 과정에서 무엇을 하는 어떤 사람이라 소개하기가 난감했다. 명함도 없이 강의를 가는 것도 그렇고 명함에 임시 청소부라 할 수도 없었다. 그렇다고 그냥 보낼 수도 없었다. 어찌해야 할까 망설이던 K사의 회장은 양민석씨가 밖에 나가면 K사를 주제로 이야기할 것이고 홍보를 할 것이라는 생각을 하기에 이르렀다. 생각이 여기에 미치자 양민석씨를 홍보 이사로 승진시켰다. 그래서 양씨가 초청하는 기업에 다니면서 마음 놓고 강의를 하면서 K사를 충분히 홍보할 수 있는 기회를 주었다.

그 후 양민석씨는 강의에도 뛰어난 소질을 발휘하기 시작했다. 그 후 유명 강사로 이름을 날리며 공무원, 기업체, 회사원,

학교 등을 상대로 전국을 다니며 강의를 했다.

　대부분의 사람들은 임시 청소부라면 다른 청소부만큼만 일을 하고 대충 시간만 때우려 했을지 모른다. 하지만 양민석씨는 임시청소부라는 직업은 잊어버리고 지금 당장 주어진 일에 최선을 다했다. 그 결과 회사 내의 최고 제안자가 될 수 있었던 것이다.

　임시 청소부라는 보잘 것 없는 직업으로 최선을 다해 사람을 감동시키고 또 회장님까지 감동시킨 이 동화 같은 사연은 우리에게 많은 깨달음을 준다. 맡은 일을 넘어 자발적으로 최선을 다해서 회사를 감동시키고 세상까지 감동시켜 결국 자신의 신분까지 변화시킨 양민석씨처럼 우리도 최선을 다한다면 세상

모든 일을 다 잘해 낼 수 있을 것이다.

　큰일만 찾아 최선을 다하려 한다면 내게 그 기회조차 오지 않을 것이다. 대신에 내게 주어진 작은 일에도 최선을 다하다 보면 큰일도 맡겨질 수 있다. 작은 일을 할 때 큰일을 하는 것처럼 최선을 다해 보자. 분명 나 자신에게도 청소부로 시작해 이사 직함까지 단 양씨처럼 한 편의 동화 같은 기회가 찾아올지도 모른다.

04
해답은 가까운 곳에 있다

　나는 암 진단을 받은 후 대학병원에서 장장 8시간이라는 대수술을 받았다. 깨어나 보니 턱 옆에는 묵직하고 큼직한 것이 달려 있고 얼굴은 퉁퉁 부었으나 수술은 잘 되었다고 한다. 나처럼 대수술을 한 사람들 대부분은 중환자실로 가 산소 호흡기와 가래 빼는 기기 등을 주렁주렁 매달고 나온다고 했다. 그

런데도 나는 아무것도 달지 않고 곧바로 일반 병실로 옮기다니 정말 대단하다며 병원 관계자들이 호들갑을 떨었다.

순간 수술하기 전날 이발사가 들어와 했던 말이 기억났다. 자신이 머리를 깎아주고 면도한 사람은 다 살았으니 걱정 말고 면도하고 머리를 깎자던 말이……

'정말 그 이발사 때문에 이제 산 것인가? 지금부터 시작인가?'

수술, 치료, 퇴원, 다음 통원 치료를 하라는 말에 병원 근처에 사글세 집을 얻어 놓고 통원 치료를 시작했다. 병원에서는 방사선 치료 27회 후 항암 투여 32회를 할 예정이란다. 병원에 들어올 때까지 외적으로는 어디 아픈 곳이 하나도 없던 사람이었고 바윗돌도 부술 만큼 괴력을 가져 동료들이 장군이라 불렀던 사람이었다. 그런데 병원에서 수술을 받고 난 뒤로는 무기력과 무능함 그 자체였다. 병원 치료가 시작되고부터는 그저 숨을 쉬고 있는 생명체에 불과했다.

통원 치료 첫날 병원에서는 방사선으로 조사(照射)를 받는 곳이 뇌 근처이다 보니 방사선 치료를 하려면 뇌를 보호하기 위해 머리를 고정시키는 틀을 만들어야 한단다. 고정 틀로 얼굴을 꽉 조이고 씌워 머리를 움직이지 못하게 묶은 다음 매일 27회의 방사선을 45분 동안씩 쬐기로 했다.

암 치료를 위한 방사능의 아이러니

치료의 시작은 첫날부터 고통의 시작이었다. 사무적이고 무뚝뚝한 의사는 나의 얼굴을 철망으로 조이고 목은 꺾은 상태로 움직이지 못하게 묶어 놓고 작은 버튼 하나를 손에 쥐어 준다.

"불편하거나 힘들면 이 버튼을 누르세요."

웃음기 잃은 의사 선생님은 간단한 이 말 한 마디만을 남기고 밖으로 나간다. 혼자 침대에 누워 있으면 목은 꺾이고 얼굴은 죄여서 불편함과 답답함으로 숨이 막힐 것 같다.

45분을 어떻게 기다리나……. 텅 비고 아무도 없는 방사선실, 나와 같은 치료를 받기 위해 만들어 놓은 듯한 투구들이 여기 저기 눈에 띈다. 누운 자리 앞쪽 정면에 내 눈을 고정시키는 벽시계와 그 바로 위에 붉은 색으로 쓴 큰 글씨가 눈에 띈다.

"이곳은 피폭 위험이 있으므로 관계자 이외에는 절대 출입을 금합니다."

이 글은 누구를 위한 글인가? 피폭 위험이 있으니 절대 출입을 금하라는 경고문을 써 놓은 이 방에서 난 지금 무엇을 하고

있는 것인가?

담당 의사 선생님은 밖으로 나가 방사선 기계를 작동시키고 근처에도 오지 않는다. 순간 '난? 나는 무엇인가?'라는 의문이 든다. 나를 '마루타' 취급하는 것은 아닌가 하는 생각까지 들었다.

"이곳은 피폭 위험이 있으므로 관계자 이외에는 절대 출입을 금합니다."라는 경고문을 이곳에 붙여 놓은 것은 적절하지 않다는 생각이 든다. 이곳을 출입하는 사람은 방사선에 전문적인 지식을 가지고 있는 사람들이거나 치료를 받으며 안정을 취해야 할 사람들뿐인데 굳이 이런 것까지 붙여놓아야 할 이유가 있을까라는 의문이 생겼다. 환자들을 더 불안하게 하는 경고문일 뿐이었다.

치료를 마치려면 45분을 참고 보내야 한다. 어떻게 해야 시간이 빨리 지나갈까 하는 생각뿐이다. 시간을 빨리 보낼 요량으로 그동안 살아오면서 즐거웠고 재미있었던 일들을 억지로 하나씩 끄집어내 추억을 떠올렸다. 즐겁던 일을 한참 생각했다 싶어서 흘러간 시간을 보면 이제 겨우 1분이 지났다. 움직일 수 없다는 것이 생각보다 많이 불편하고 답답하다.

"현재 당신이 받고 있는 치료는 안 될 것 같아요"

매일같이 이어지는 방사선 치료를 받는 고통보다 받고 난 후의 고통이 심했다. 치료를 2회 정도 받고 나서는 밥맛을 완전히 잃어버려 진수성찬을 차려 줘도 먹기가 싫었다. 밥맛이 없는 것을 보통 모래 씹는 맛에 비유한다. 그래도 모래는 입에 넣으면 그 모래 독특한 맛이라도 느낀다. 하지만 이건 뭐 아무 맛도 없고 그저 먹는 것이 귀찮을 뿐이다. 그렇게 1주일이 지난 후부터는 머리가 빠지기 시작하고 입안이 헐어 피가 나기도 했다. 게다가 얼굴은 검게 변하기 시작했다.

스스로의 모습을 거울에 비춰 보면서 옆에서 죽어 나가는 시체들처럼 나도 이렇게 병마와 사투를 벌이다 죽겠구나 하는 생각마저 들었다. 열두 번 방사선 치료를 받고 토요일에 집에 와 누워 있는데 지인들이 병문안을 다녀가며 하는 소리가 들린다.

"아까운 사람 하나 잃게 생겼네."

사기들끼리 나가며 하는 귓엣말 소리가 내 귓가에 들린다. 순간 이렇게 내가 죽는다면 누구의 책임일까? 라는 생각이 들었다. 내가 죽는 것은 내 의지와 아무런 관계없이 의사의 잘못된 처방이나 잘못된 치료로 인해 죽는다 해도 모든 사람들은 그

저 암환자라서 죽었을 뿐이라고 결론을 내릴 것이라는 생각이 미치자 기가 막히고 치료를 더 이상 받고 싶지 않다는 생각까지 들었다.

더 중요했던 것은 치료를 받는 동안 삶의 질이 형편없이 떨어진다는 것이다. 죽음을 깨끗하게 맞이하고 싶은데 내 몸의 상태는 남에게 혐오감을 줄 정도로 끔찍하게 변해 가고 있었다. 때를 맞춰 매일 간병을 하던 아내가 조심스럽게 이야기를 한다.

"여보! 가족회의를 해야겠어요. 아버님, 어머님을 모시고 치료를 받는 문제에 대해 이야기를 해야겠어요. 현재 당신이 받고 있는 치료는 안 될 것 같아요."

아내는 그동안 말없이 간병을 하며 인터넷과 지인들의 이야기를 들으며 다른 치료법을 사방팔방으로 알아보고 병원 치료를 받지 않는 대안으로 민간요법을 제시했다. 아버지, 어머니가 올라오시고 동생도 내려왔다. 가족회의 결과 내린 결론은 민간요법으로 치료를 하는 것이었다.

세상과 만나는 지혜

암 치료의 새로운 시작, 단식

단식과 풍욕과 냉욕, 냉온욕, 된장찜질, 겨자찜질, 각탕 등의 민간요법으로 치료하기로 하고 병원 치료는 접기로 했다. 민간 요법의 처음 시작은 식탐이 많고 먹는 것을 좋아하는 나에게 무조건 굶는 것부터 시작하란다. 방사선 치료로 밥맛을 잃은 것이 다행이란 생각이 들었다. 만약 밥맛이 좋을 때였다면 또 다른 고문이 되었을 지도 모른다. 당시에 몸은 극도로 쇠약해 져 있었고 신경이 날카로웠던 나는 모든 푸념을 아내에게 털어 놓고 짜증을 내기 시작했다.

처음 5박 6일로 단식원에 갈 때부터 운전하는 아내에게 투정 과 짜증을 냈지만 아내는 말없이 참아 줬다. 단식과 겨자욕 등 을 할 때도 투정과 심술로 아내를 못살게 굴었다.

두 번째 단식원에 가서는 10박 11일 동안 내내 집사람과 신경 전을 벌였다. 단식원에 입소해서의 생활 첫날은 저녁에 가벼운 음식을 조금 먹고는 다음 날부터 단식에 들어갔다. 단식을 할 때는 상쾌 효소와 마그밀을 아침저녁으로 먹고 하루에 7~8L 의 물을 마셔야 했다.

하루의 생활은 새벽 3시 반에 기상하여 풍욕 테이프 소리에

맞춰 풍욕을 하고 풍욕이 끝나면 목욕탕에서 7온 8냉의 냉온욕을 한 후 관장을 한다. 그리고 하루 종일 받는 교육과 민간요법들의 시행은 시간의 흐름을 빠르게 하여 배고픔을 잊게 했다.

단식원에서의 처음 생활은 불편함에서 오는 짜증과 불만으로 시작했으나 살기 위한 필연적 수순으로 반드시 해야만 하는 일이라 생각했다. 그 이후부터는 단식원에서 시키는 일에 순종하고 감사해 하며 하나씩 분석하기 시작했다.

단식을 하는 동안 아무것도 하지 않고 가만히 쉬고 있을 것이라는 것은 잘못된 편견이다. 단식하는 동안 보통 근무 시간에는 건강에 대한 교육을 받고 식사 시간에는 운동을 하고 쉬는 시간에는 족욕이나 붕어 운동을 한다.

필자가 단식원 생활관에 입소했을 때 생활관의 구성원은 아토피로 온 사람 1명과 살을 빼기 위해 온 사람 1명 그리고 암 환자 3명이었다. 그러니 방안의 분위기는 칙칙하고 저승사자 앞에서 죽음을 기다리는 사람들처럼 희망의 빛이 없어 보이는 것이 당연했을지도 모른다.

하루 단식은 힘들지만 3일 단식은 어렵지 않다

단식원에서의 생활 기본은 10박 11일 동안 단식이다. 입소하는 날 저녁을 가볍게 먹고 다음날 아침부터 시작한다. 하수관이 막혀있을 때 위에서 아무리 깨끗한 물을 쏟는다 해도 하수관 아래로 배출되는 물은 깨끗한 물을 얻을 수는 없을 것이다.

그러나 막혀 있지도 않고 깨끗한 하수관 위에서 쏟은 물은 더럽지 않고 쏟은 그대로 깨끗한 물이 배출되어 나올 것이다. 따라서 우리의 장을 깨끗하게 청소를 한 후 좋은 음식을 먹어야 좋은 영양이 섭취된다는 이론이 단식이다. 이곳 생활관에서 단식을 하는 이유 또한 지금까지 살아오는 동안 장에 쌓인 찌꺼기를 모두 배출하는 것이 목표다.

우리의 뱃속은 엄마 뱃속에서부터 끊임없이 먹어준 덕에 장속에 쌓인 찌꺼기들이 우리의 소장의 융털 사이사이에 끼어 터줏대감 노릇을 하고 있다. 그 터줏대감을 하는 찌꺼기들은 소장에서 배출되지 않고 썩어 가며 막힌 하수구 역할을 한다고 생각하면 된다.

그런 상태에서 우리가 몸에 좋은 음식을 먹고 위장에서 소화를 잘 시킨다 해도 소장에서 터줏대감 노릇을 하는 찌꺼기들

을 거쳐 몸에 흡수되기 때문에 좋은 영양 성분만 흡수가 되지 않고 찌꺼기들이 내뿜는 독소와 함께 흡수된다.

건강이 악화된 상태에서 좋은 음식을 먹고 좋은 보약을 먹는다 해도 결국은 소장의 융털 속에 낀 독과 함께 흡수되기 때문에 몸이 나을 수 없다는 이론이다.

산 속에 살고 있는 짐승들에게는 의사가 없다. 그 짐승들은 병이 나면 어떻게 치료할까? 산속의 짐승들은 몸이 아프면 의사가 치료해 주는 것이 아니라 스스로 치료를 하기 위해 아무 것도 먹지 않고 굶으면서 스스로 병이 나을 때까지 기다린다고 한다.

세상과 만나는 지혜

지구상에 존재하는 생명체 중에서 인간만큼 어리석은 동물이 없다고 한다. 배가 부른데도 먹으면서 배불러 죽겠다며 배를 두들기는 동물은 우리 인간뿐이라고 한다. 너무 많이 먹어 배가 아플 때까지 먹고서 소화제로 해결하고 소화는 신경을 쓰지 않고 잠을 자기 전에도 먹는 것이 우리 인간이다. 그러니 융털에 쌓이는 것은 빠져 나갈 틈이 없다. 좋은 음식과 보약의 효과를 보기 위해서는 소장의 찌꺼기를 빼내야만 한다는 것이 단식의 이론이다.

당신의 소장을 청소해 보자.

하루 단식은 힘들지만 3일 단식은 어렵지 않고 3일 단식보다 더 쉬운 것은 1주일 단식이다. 우리 민간요법인 단식, 건강을 위해 몸과 맘을 쉬면서 당신의 몸을 위해 단식을 해보면 어떨까?

05
포도나무처럼 환경을 탓하지 말자

　프랑스를 여행하면서 포도밭을 견학한 사람들은 3번을 깜짝 놀란다고 한다. 그 첫번째가 포도나무를 자갈밭에 심었음에도 포도나무가 무럭무럭 잘 자라는데 놀라고, 두 번째는 그런 포도밭에서 포도가 아주 실하게 주렁주렁 열렸다는 사실에 놀라

고, 마지막으로 숙성한 포도주 맛에 다시 놀란다고 한다.

우리의 상식으로는 척박한 자갈밭에서 포도나무가 자란다는 사실도 그렇고, 더구나 그런 땅에서 실하고 굵은 포도가 열린다는 것이 도무지 이해가 가지 않아 성질 급한 한국 관광객이 물었다.

"아저씨! 어떻게 이런 자갈밭에서 포도가 이렇게 잘 자라고 굵고 실한 포도가 주렁주렁 열릴 수가 있답니까?"

그러자 포도 농장 아저씨가 대답했다.

"이렇게 척박한 땅에 포도를 심으면 포도나무도 끈질긴 생명력으로 살아남기 위해 자갈밭을 뚫고 기름진 땅 속에 뿌리를 내려 풍부한 영양분을 흡수하여 싱싱하고 탐스런 포도를 얻을 수 있답니다."

집안 정원에 심어 놓은 소나무와 청정구역 심산유곡(深山幽谷)에서 자연 상태로 자라는 소나무의 수명을 비교해 보면 정원에 심은 소나무의 수명이 훨씬 길다고 한다. 일반적으로 천연의 좋은 자연 환경에서 자라는 소나무가 훨씬 오래 살 것으로 생각되는데 실제로는 그렇지가 않단다. 정원에서 자라는 나무는 정원사에 의해 요리조리 난도질당할 때 오래 살아남기 위해 긴장한 상태로 환경에 잘 적응해 나가면서 끈질긴 생명력을 이어간다는 것이다.

사람은 행복해서 웃는 것이 아니라
웃기 때문에 행복하다

세상을 살아가는 사람들을 보면 2가지 유형이 있다.

하나는 셀리의 법칙을 믿는 사람이고 다른 하나는 머피의 법칙을 믿고 사는 사람이다. 삶이야 어떻게 살든 그것은 개인의 자유라지만 그 선택은 삶의 색깔을 변하게 만든다. 셀리의 법칙을 믿는 사람들은 아침에 일어난 사소한 칭찬에 하루 종일 아침부터 칭찬을 받았으니 오늘은 기분이 좋을 것이란 기대 속에서 살면서 좋은 일이 생길 때마다 아침부터 칭찬을 받더니 좋은 일만 생긴다며 행복해 할 것이다.

그러나 머피의 법칙을 믿는 사람은 아침에 일어난 사소한 일로 인해 아침부터 재수가 없다느니 아침에 재수가 없더니 하루 종일 재수가 없다는 등 불평불만을 늘어놓으면서 살 것이다.

필자는 발명을 생활화하면서 살고 있다. 발명은 생활 속에서 불편한 것이 있으면 무엇이 불편한가를 찾아 그것을 개선하여 편리하게 만드는 것이다. 또 남이 화를 내거나 짜증을 내면 왜 그런지 그 원인을 찾아 문제를 해결하는 데서 발명은 시작된다고 할 수 있다. 짜증이 날 때 짜증을 내기보다, 불편할 때 불편

함을 탓하기보다 그 상황을 전화위복의 기회로 삼는 지혜가 발명에서도 필요하다.

프랑스의 포도나무가 토양만 탓하고 영양분이 있는 심토를 찾지 않고 그냥 자갈밭에 적당히 뿌리를 내린다면 굵고 실한 포도와 포도주를 얻을 수 있었겠는가?

프랑스 포도나무가 척박한 토양을 피해 영양분이 있는 깊은 심토를 향해 뿌리를 뻗는 것처럼 내게 있는 불편함과 어려움은 내게 행운을 주는 기회라 생각하자. 이런 생각으로 열심히 노력할 때 좋은 결과가 찾아올 수 있다.

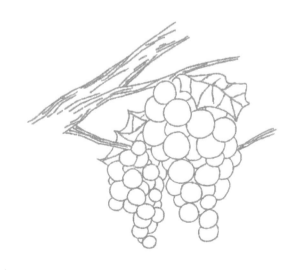

삶이 어찌 순탄하고 행복한 일만 있을 수 있겠는가? 어려운 환경이나 어려운 처지를 비관하기보다 새롭게 시작할 수 있는 기회로 삼아 보자. 머피의 법칙을 믿고 스스로 불운한 사람을 만들지 말고, 셀리의 법칙을 믿고 스스로 행운아를 만들어 보자. 환경을 탓하지 않는 포도나무처럼 사람은 행복해서 웃는 것이 아니라 웃기 때문에 행복하다고 하지 않던가.

STEP 6

세상과 소통하기

01
들어주고 칭찬하는 소통을 하라

카지노에 가면 없는 것이 3가지가 있다. 거울과 시계와 창문이다. 자신의 망가진 모습을 돌아보지 말고 앞을 보지 말고 밖을 보지 말고 시간이 가는 것을 보지 말고 돈만 잃고 가라는 뜻(?)이다. 소통이 되지 않는 사람들을 두고 벽에 막혀있다고 한다. 카지노에 없는 3가지도 벽에 걸려 있다.

또 여자들이 남자들을 처음 만날 때 남자들의 어떤 면을 제

일 먼저 보는가? 설문조사를 했더니 키, 스타일, 목소리 등이 있었는데 남자들은 여자들을 볼 때 무조건 얼굴 예쁜 여자를 찾는다고 한다.

그런데 남자들이 여자를 처음 만날 때는 예쁜 모습을 좋아하지만, 자주 만나면서부터는 상황은 달라진다고 한다. 여자들은 유머 있는 남자를 좋아하는 데 비해 남자들은 유머 있는 여자보다 잘 웃어주고 남자의 말을 끝까지 잘 들어 주는 여자를 좋아한다는 것이다. 진정 지금 만나고 있는 남자와 오랫동안 사귀고 싶다면 만날 때마다 남자의 이야기를 잘 들어 주고 많이 웃어 줘라.

남자와 여자의 또 다른 차이는 남자는 결과를 중시하고 여자들은 과정을 중시한다는 것이다. 그래서 남자들은 승부가 나는 스포츠에 열광하고 여자들은 스토리가 전개되는 과정 중심의 드라마에 열중한다고 한다. 따라서 부부 싸움을 할 때에도 남자에게 중요한 것은 잘했느냐 잘못했느냐하는 결과에 초점이 맞춰지는 데 반해 여자들은 과정을 이야기하면서 스트레스를 풀어야 후련한 느낌이 든단다.

남자들이든 여자들이든 부부 싸움에서 이기고 싶다면 남자와 여자의 심리에 극명하게 차이가 있는 만큼 상대의 심리를 잘 알고 상대가 원하는 것을 맞춰주면 싸움은 일어나지 않을 것이다.

소통의 기본은 칭찬하고 상대의 이야기를 들어주는 데 있다

세상을 바꾸는 시간 강의에 어떤 교수는 6살 먹은 아들에게서 생일 선물로 물총을 선물 받았다고 한다. 선물을 준 아들이 "아빠 마음에 들어?" 하고 묻기에. 그렇다고 답하자 "그럴 거야. 나도 세상에서 물총이 제일 좋으니까" 라며 6살 먹은 아들이 매우 흡족해 하더란다.

내가 좋으면 상대가 좋을 것이란 생각이 올바른 생각일까? 남을 배려하는 마음으로 남의 입장에서 이야기를 들어 주고 공감할 수 있는 것이 소통일 것이다. 말을 잘하는 사람은 똑똑한 사람이란 평을 들을 수는 있으나 잘 들어 주는 사람처럼 편안하고 다시 만나고 싶은 사람은 아닐 것이다.

남편은 아내의 이야기를 잘 들어주고 아내의 마음을 편안하게 해주어 가정의 평화를 만드는 데 노력해야 할 것이다. 남편에게 힘을 실어주고 성공한 남편의 모습을 보고 싶다면 출근하는 남편의 뒷모습에 칭찬을 해줘라.

보통 사람들은 아침의 기분이 하루를 좌우한다. 아침을 기분 나쁘게 출발하면 하루 종일 우울하고 기분이 나쁘다 생각하고

기분 좋은 일이 있으면 기분 좋은 하루로 생활한다. 아침에 가정에서 기분 좋게 출근하는 남자들의 성공 확률이 그렇지 않은 사람보다 20%가 높다고 한다. 그 기분을 좋게 만드는 것이 여자의 몫이고 남자의 성공에 여자들이 20%는 기여한다는 통계가 나와 있다.

가장의 성공을 기원하고 가장의 성공이 가정의 성공이라고 믿고 있으면서 출근하는 가장들의 기분을 살피지 않는 것은 소통의 부재일까?

소통의 기본은 칭찬하고 상대의 이야기를 들어주는 데 있다고 본다. 많이 들어주고 잘못된 것을 고치려 하지 말고 잘한 점을 찾아 칭찬해 주는 습관이 소통의 기본이 될 수 있을 것이

다. 단점을 하나 찾아 이야기하려면 칭찬할 것을 다섯 가지 이상 찾아 칭찬을 해 줘라.

내 곁에 있는 사람이 한 번 떠나면 다시 내게 돌아오기 어렵다는 것을 명심하고…….

02
폭력적 소통인 아동학대의 끝은 어디?

아침신문과 방송에서 살인 사건과 자살 사건이 사회면을 크게 장식한다. 오늘도 톱스타였던 최00 남편이 자살했다는 뉴스가 나왔다. 많은 연예인들이 자살했고, 학교 폭력과 왕따로 높은 아파트에서 투신자살을 하는 학생도 있으며, 모그룹의 총수, 시장, 심지어 대통령을 지내셨던 분까지도 자살했다는 보도를 접할 때면 우리는 경악을 금치 못한다.

세상과 만나는 지혜

　유영철, 강호순, 지존파, 막가파 연쇄 살인과 잔인한 토막 살인으로 오랫동안 사회를 불안하고 혼란스럽게 떠들던 이름들이다.

　그들은 왜? 그렇게 많은 사람들을 잔인하게 살해했을까?

　연쇄 살인범들 중 하나인 지존파의 예를 보면 농가에 아지트를 짓고 불특정 사람을 잡아다 살해하고 토막 내 소각을 하면서 냄새가 날까봐 마당에서는 돼지 바비큐 파티를 한 잔인하기 이를 데 없는 살인범들이었다. 그 잔인함에 한 기자가 "왜 그렇게 사람을 죽였습니까?"라고 묻자 지존파의 한 사람이었던 김현양은 "난 인간이 아니다. 더 죽이지 못하고 일찍 잡힌 것이 한이다."라고 한다. 기가 막힌 기자가 다시 묻기를 "당신은 어머니 아버지도 없습니까?"라고 묻자 "어머니? 일찍 살해하지 못한 것이 한이다."라고 대답을 했다.

　왜 그들은 그렇게 잔인해졌을까?

　어떤 사람들은 타고날 때부터 유전인자가 달라서 그렇다고 이야기하는 사람도 있고 첫인상을 보고 범죄형이라며 사람을 미리 판단하는 사람들도 있다. 그러나 사형 선고를 받은 호남형인 유영철과 미남형인 강호순은 여성들로부터 안타까움과 아쉬움까지 갖게 했던 인물들이다. 겉보기에 호남형과 미남형이 그런 연쇄 살인을 저지른 것을 보면 범죄형이 따로 있다고 예견

하는 사람의 이야기는 선입견이 확실하다는 생각이 든다.

그렇다면 왜 남들이 부러워하는 위치에 있으면서 자살을 하는 사람도 있고 또 그렇게 잘생긴 사람들이 왜 불특정 다수를 잡아다가 그토록 잔인하게 살인을 했을까?

어려서부터 좋은 사람을 만나 좋은 환경에서 칭찬을 많이 받고 자랐더라면 김현양 같은 지존파 살인범이 나왔을까? 강호순, 유영철처럼 연쇄 살인범이 우리 사회에 더 이상 나타나지 않게 하기 위해서는 아동학대를 막는 대책이 필요하다는 생각이 든다.

아동학대는 우리 사회에 또 다른 학대로 재생산된다

우리는 아동학대라는 말을 들으면서 아동학대는 근절되어야 한다는 이야기를 많이 한다. 선진국에서는 아동학대를 하면 아동과 부모를 격리시키기는 것을 법으로 정하고 있다.

우스갯소리겠지만 명문대학을 졸업하고 대기업에 다니던 아버지가 자식의 장래를 위해 이 한 몸 희생해 자식은 잘 키우겠다며 미국으로 이민을 가 하루 16시간씩 접시닦이부터 죽도록 일을 하고 집에 돌아와 보니 아들놈이 겨우 한다는 짓이 마약

에 담배를 피우더란다. 하도 화가 난 아버지가 버릇을 고치겠다고 아들을 때렸더니 아들이 아버지를 경찰에 신고를 해 아버지가 경찰서에 구속이 되고 그 일로 배신감과 허탈함을 느낀 아버지가 출소 후에 미국 생활을 정리하고 다시 고국으로 돌아왔다는 이야기에서도 잘 알 수 있는 이야기다.

그럼 아동 학대란 무엇인가?

경찰대 표창원 교수의 아동학대에 관한 이야기를 들어 보면, 우리가 아이들에게 생각 없이 하는 폭행이나 비난이나 폭언 등이 아동학대에 속한다고 한다. 힘센 부모의 무서운 지배 속에서 학대를 당할 때 아동들은 아무 저항 능력이 없어 공포와 두려움 속에 당할 수밖에 없다. 장기간 그런 비난과 학대 속에 자란 아동들은 뇌의 크기까지 달라진다는 학설이 있다. 그리고 그 학대를 당하는 동안 아동들은 스트레스가 쌓이고 그 스트레스는 분노로 변해 가슴 속에 차곡차곡 쌓아 놓게 된다.

그래서 아동학대는 영혼 살인이라고도 한다. 아동학대를 하는 사람들을 보면 아이들의 약점을 찾아 폭력이나 폭언 등을 실행한 후 미안하면 달래 주고 다시 그 행동을 반복한다. 인간과 동물의 다른 점 중 하나가 인간은 지능이 높아 예측시스템이 있다는 것이다.

학대를 받고 자라는 아동들은 학대 상태가 지속되면서 자신

의 삶은 돌파구가 없다는 예측을 하게 된다. 그 유형의 결과가 3가지 형태로 나타난다고 한다.

그 3가지의 유형의 형태 중 첫 번째가 자살이고, 두 번째가 정신분열이며, 세 번째가 자신이 당한 만큼 약한 사람을 골라 복수를 하기 위한 연쇄살인이다.

그렇다면 자살을 하고 정신분열을 일으키는 사람들, 연쇄 살인범의 죄가 모두 그들만의 책임일까? 우리는 아동학대의 방관자는 아닌지 생각해 보고 더 이상은 아동학대의 피해자나 가해자가 나오지 않도록 이웃에게 눈을 돌려야 한다. 서로서로 돕는 협력자가 될 때 더 이상의 피해자가 나오는 걸 막을 수 있을 것이다.

　다시 한 번 내 주변 내 이웃에 아동학대 피해자나 왕따, 집단 폭행은 없는지 관심을 가져야 할 때라 생각한다. '나 혼자쯤' 보다 '나 혼자만이라도' 라는 생각으로 사회에 관심을 갖고 어려운 사람에 대한 배려가 있을 때 사회는 더욱 밝아질 것이다.

03
강자와 소통하는 법

　일본 북동부를 뒤덮은 쓰나미 영향으로 일본 사람들은 사후처리에 분주하다. 일본 시즈오카 현 해안가에 살고 있는 64세의 이치로 씨는 최근 쓰나미 대비용으로 축구공 모양의 5인용 미니 방주를 구입해 집 마당에 설치했다고 한다. 쓰나미가 발생하면 불과 몇 분 만에 집을 덮치는 것을 경험하고 지진이 많은 일본에서 살기에 너무 불안했기 때문이다. 설치비용이 대략

3천만 원이 넘게 들지만 돈보다 목숨이 중하기 때문에 돈이 아깝지 않다고 한다. 이런 미니 방주가 해안가 주민들에게는 인기를 끌면서 벌써 수 백 개가 팔려 나가고 있다. 지진이 일상화된 일본에선 지진과 쓰나미에 대비해 많은 돈을 투자해도 과하지 않다는 인식이 일반화되어 있다.

2011년 3·11 대지진으로 일본 이와테 현을 쓰나미가 덮쳤을 때에 해안가 7만 그루의 소나무 중 유일하게 한 그루가 쓰러지지 않고 살아남아 화제가 되었다. 이 소나무는 기적의 소나무로 불리며 화제를 불렀고, 국민들에게 희망의 상징이 되었으나 결국에는 뿌리에 바닷물이 닿게 되어 삼투현상으로 고사하고 말았다.

이와테 현에서는 보존을 위해 작년 9월 뿌리와 줄기 가지 등을 절단하고 속을 합성수지로 채우고 방부처리를 하여 원래 심겨 있던 자리에 16억 원을 들여 조형물로 제작 복원했다고 한다.

센다이 지진에 의한 쓰나미로 일본 열도에 사망자는 32만 명, 피해액이 190조원에 이른다고 한다. 우리나라 2013년 1년 예산이 342조원이라고 하니 쓰나미로 인한 피해가 엄청나다. 이런 쓰나미를 바다에서 만나면 어떻게 해야 할까?

강자에게는 등을 보이지 마라

2011년 3·11 대지진 때 다나까 겐지 씨는 이와테 현 근해에서 고기잡이를 하고 있었다. 그물망에 가득 찬 고기들을 끌어올리며 만선의 부품 꿈을 꾸고 있을 때 사이렌 소리와 함께 긴급 재난 방송이 울렸다.

"에에 앵~ 에에 앵~."

"국민 여러분! 지금 센다이 부근에서 발생한 지진으로 인해 30m 높이의 초대형 쓰나미가 몰려오고 있습니다. 지금 빨리 대피하지 않으면 위험하오니 하던 일들을 멈추고 빨리 대피해 주시기 바랍니다. 이것은 실제 상황입니다. 주민 여러분께서는 서둘러 대피해 주십시오."

사이렌 소리와 함께 다급함이 배어 들려오는 대피 방송에 모든 고기잡이배들은 육지로 방향을 돌리고 쓰나미를 피하기 위해 전속력으로 달리기 시작했다. 다나까 씨는 30m의 초대형 쓰나미를 어떻게 대처해야 할 것인가를 잠시 고민했다. 남들과 같이 고기잡이를 포기하고 육지로 달려 가야하나 생각을 하다가 조상 대대로 고기잡이를 하던 다나까 씨는 아버지로부터 귀가 아프게 들었던 이야기가 생각이 났다.

"겐지야! 만약에 네가 고기를 잡으러 바다에 나가 쓰나미가 몰려온다고 할 땐 절대 도망치지 말고 정면으로 맞이해야 한다. 쓰나미가 몰려오는 방향으로 달리 거라. 절대 등을 보이지 말고……. 아빠의 말을 명심해라. 절대 등을 보여서는 안 된다."

아버지께서 살아계시면서 돌아가실 때까지 유언처럼 남겼던 "쓰나미에 등을 보여서는 안 된다."는 이야기가 생각났다.

어찌해야 하나?

겐지 씨는 다른 사람들은 전속력으로 육지를 향해 달아나고 있는 순간에도 다수의 선택을 따라야 할지 아버지의 선택을 따라야 할지를 고민했다. 잠시 망설이던 겐지씨는 아버지의 선택을 따르기로 결론을 내렸다. 다른 어부들과 정반대의 방향으로 키를 돌리고 태평양 한 가운데로 달리기 시작했다. 조금 지나자 큰 너울들이 몰려오기 시작했고 배는 중심을 가누기 힘들 정도로 출렁거렸다.

정면으로 맞서는 도전 정신이 필요

겐지 씨는 키를 꼭 잡고 정신을 집중해 태평양 한가운데로 계속 항해를 하는 동안 큰 너울이 출렁이듯 지나가는 듯하였다. 한참 동안 항해를 하고 시간이 얼마나 흘렀을까? 긴장 한 탓에 물에 빠진 사람처럼 옷은 다 젖었다. 잠시 더 항해를 하다 보니 잔잔한 바다가 나타났다. 겐지씨는 이제 살았구나 하고 안도의 숨을 크게 내쉬었다. 그제야 재난 방송 소리가 다시 귀에 들려 왔다.

"쓰나미가 육지에 상륙했습니다. 연안에서 고기잡이를 하던 배들을 쓰나미가 육지로 밀고 들어와 내동댕이치고 있고 자동

차들은 둥둥 떠다니고 집들은 쓰러지고 있습니다. 아직도 대피하지 않은 분들은 서둘러 높은 곳으로 대피 해주시기 바랍니다."

안내 방송은 계속 이어지고 있었다. 방송 소리는 점점 다급해지고 절규에 가깝게 들린다. 쓰나미가 물러가고 정상을 되찾은 후에 들은 이야기지만 연안에서 고기잡이를 하던 고깃배들은 쓰나미에 의해 모두 육지에 내동댕이쳐 뒤집어지고 엎어졌으며 대부분의 어부들은 바닷물에 빠져 살아난 사람이 없었다고 한다.

아이러니컬하게도 살기 위해 연안에서 육지를 향해 전 속력으로 달렸던 어부들은 모두 죽게 되고 쓰나미에 대항(?)하며 태평양 한 가운데로 돌진한 겐지 씨만 살게 된 것이다. 세상을 살아가는 지혜는 중용의 도로써 협상과 타협을 할 줄 알아야 한다고 하지만 때론 등을 보이지 않고 정면으로 맞서는 용기 있는 도전 정신이 필요할 때도 있다는 생각이 든다.

등을 보이지 말고 정면으로 승부하는 삶이 정답일지도 모른다. 야생에서 멧돼지를 만났을 때의 행동요령은 등을 보이고 도망을 가거나 팔 다리를 크게 움직이며 도망치는 액션을 취하면 오히려 공격을 받기가 쉽다고 한다. 가만히 나무 뒤에서 멧돼지의 행동을 지켜보는 것이 안전하다고 한다.

세상을 살면서 맞서기 버거운 강자를 만날 때 무조건 등을 보이기보다 조용히 지켜보며 여유를 가지고 도전하는 삶은 어떨까?

04
나쁜 놈과 불쌍한 놈이 되지
않기 위한 소통법

　필자는 학교에서 생활하다 보니 불경기에 대해 그리 민감하지 않다. 그런데 밖의 친구들을 만나면 만날 때마다 작년보다 못하다는 소리를 한다. 한 번도 지난해보다 나아졌다는 소리를 듣지 못했던 것 같다. 친구들의 이야기대로 라면 우리나라의 경제가 옛날이 더 좋고 정말 더 살기가 좋았단 말인가

필자의 딸아이가 중고등학교에 다닐 때 방학이 되면 꽃동네로 1주일씩 봉사활동을 보냈다. 다 큰 딸아이를 보내놓고 봉사활동은 잘하고 있는지 생활하는데 문제는 없는지 궁금하여 꽃동네에 간 일이 있다. 꽃동네에 조금 늦게 도착했더니 딸아이가 저녁을 먹고 미사에 참여했다기에 필자도 함께 참석했다.

당시에 비신자였던 필자는 전통을 중시하는 신부님들의 강론이 대부분 속세에 관한 이야기보다 성서 속의 말씀을 많이 하는 것으로 알고 있었다. 따라서 성당에서의 지루한 시간을 도나 닦고 명상이나 하며 시간을 때울 각오를 하고 찾아 갔다. 그런데 뜻밖에도 신부님의 강론 말씀은 현실감이 있었고 피부에 와 닿으면서 깨달음과 함께 강한 메시지를 담고 있었다.

강론 말씀 중에 포함된 내용을 소개하면, '나쁜 놈'이란 나뿐이 모르는 사람(나만 아는 사람)이고, '불쌍한 놈'이란 '不雙' 즉 쌍을 이루지 못한 사람이다. 그러니 나쁜 놈이 되지 말고 짝을 찾아 불쌍한 놈이 되지 말라는 말씀이었다.

"멀리서 보면 아름답고 가까이에서 보면 사랑스럽다."는 시 한 구절이 생각이 난다. 우리 인생은 어떤가? 멀리서 보면 모두 행복해 보이는데 가까이서 보면 모두 불행해 보이지는 않는가?

남을 배려할 줄 아는 마음이 행복을 준다

그렇다면 행복은 어떤 것일까?

옛날에 어느 산골에 시어머니를 모시고 부부가 살고 있는 두 가정이 있었다. 그런데 한 집에서는 매일 웃음꽃이 흘러나오고 다른 집에서는 매일 싸움 소리가 그치지 않았다. 매일 싸움만 하던 사람이 어떻게 저 집은 싸움 소리는 들리지 않고 웃음소리가 끊이지 않을까 생각을 하고 하루는 그 집의 일상을 몰래 훔쳐보게 되었단다.

시어머니가 안방에서 며느리를 부르며 물을 떠오라고 하자 며느리가 물을 떠서 마루에 갖다 놓으며 "어머님! 물 떠다 놓았습니다."고 말했다. 순간 어머니가 문을 열고 나오다가 물그릇을 발로 밟아 물을 엎지르게 되었다.

그러자 시어머니가 "아이고! 내가 앞을 제대로 살피지 않고 나오다가 물을 엎질렀구나. 미안하다."고 하자 며느리가 하는 말이 "아니에요, 어머님 제가 물을 어머님께 갖다 드리지 않고 문 앞에 놓아서 그런 일이 벌어졌네요. 어머님 죄송해요."

이 대화를 들은 아들이 "내가 먼저 한쪽으로 치우던가. 어머님께 드렸어야 했는데 내가 잘못했구려." 하면서 서로가 걸레

를 들고 닦으려 하다가 머리를 부딪치며 웃음꽃이 피더란다. 그것을 훔쳐보던 옆집 사람은 자기 집에서 그런 일이 일어났을 경우에 어머니는 "물을 여기에 놓아 물을 엎질렀다고 며느리를 탓했을 것이고, 아내는 잘 보지 않고 다닌 시어머니를 탓했을 것이며 자신은 두 사람을 모두 비난했을 터인데……. 이 집안은 서로 자신의 탓이라는 소리와 웃는 웃음소리를 듣고 많이 느끼고 돌아왔다고 한다.

모든 사람들은 작고 큰 문제들을 안은 채 살아가고 있다. 그런데 같은 문제를 어떻게 바라보느냐에 따라 행복과 불행으로 나눠질 것이다. 남을 배려할 줄 아는 마음이 우리에게 행복을 주고 웃음을 준다. 이런 배려가 있을 때 멀리서 보는 인생이 아름다워지고 가까이서 보는 인생은 더욱 행복해질 것이다.

05
전통문화와 불통하는 시대

"내가 한국인을 만나면 얼굴에 침을 뱉고 욕이라도 한 마디 하면서 따귀라도 때려 주고 싶었는데 당신 잘 만났소." 예전에는 우리나라에서 직접 독일까지 가는 비행기가 없다 보니 일본에서 비행기를 갈아타고 갈 수밖에 없었다. K교수는 일본을 경유하여 독일로 가던 중 일본 유학생활을 함께하며 죽마고우처럼 지냈던 사이또 교수를 만났다. 엎어진 김에 자고 가랬다고

그 교수와 한 잔하며 회포나 풀고 갈 요량으로 벌인 술자리에서 난데없이 듣게 된 이야기이다.

너무도 기가 막히고 어이가 없어 "아니, 그게 무슨 소리요? 왜 그러는지 이유부터 들어 봅시다."하며 K교수가 따져 물었더니 사이또 교수는 다음과 같은 이야기를 들려주었다.

"불교문화는 일본의 정신적 지주로 온 국민 전체를 하나로 이끌 수 있게 만들어 주었습니다. 그 불교문화를 전해준 스승의 나라인 한국을 36년 동안이나 지배한 우리 조상들의 잘못을 대신 뉘우치고 용서를 빌기 위해 저는 한국을 찾았습니다. 너무 죄스럽고 미안해 김포공항에 도착하여 무릎을 꿇었습니다. 그리고 땅에 엎드려 3보 1배를 하며 공항을 나와 호텔에 여장을 풀었습니다. 그런데 저녁을 다 먹고 호텔방에서 밖을 바라보고 있는데 빨간 십자가가 시내를 뒤덮고 있었습니다. 절을 상징하는 만(卍)자는 하나도 보이지 않더이다. 일본 불교문화의 스승의 나라라면 무엇인가 일본보다 더 나은 것이 있을 터인데 교회의 상징만 보여 호텔 가이드에게 사실을 밝히고 절에 관해 물었습니다. 그랬더니 절은 산속으로 들어가야만 찾을 수 있다는 말을 들었습니다."

사이또 교수는 조금이라도 빨리 절을 보고픈 마음에 다음날 아침 일찍 일어났다. 그리곤 여장을 급하게 꾸려 산속의 절을

찾아갔다. 그랬더니 산속에 있는 절의 담벼락은 반쯤 헐리고 단청의 색은 다 퇴색되었고 낡은 풍경소리만 댕그랑거리며 이방인을 반겨주더란다.

너무 깜짝 놀란 사이또 교수는 설마 이곳만 그렇겠지 하는 생각으로 다른 절을 이리저리 찾았다. 하지만 대부분의 절들이 심산유곡의 경치 좋은 곳에 자리를 잡긴 했어도 모두가 마찬가지였다. 사이또 교수는 기울어져 가는 한국 불교의 기운을 보고 더 이상 볼 것이 없는 나라라는 생각이 들어 그 길로 바로 일본으로 돌아와 버렸다고 한다.

지금은 전통을 찾아 지키는 지혜가 필요한 때

사이또 교수는 다시 말을 잇는다.

"토테미즘과 샤머니즘만 있던 일본은 한국(백제)에서 불교를 받아들여 계승하고 발전시켜 아직도 일본 국민 90% 이상이 오늘날에도 불교의 전통을 이어가고 있습니다. 다시 말하면 일본은 서양과 교역하면서 새로운 문물에 대해서는 쉽게 문을 열고 받아들이지만 정신은 바꾸지 않으려 노력하는 국민성이 자리하고 있습니다. 그래서 아직도 일본에선 불교의 정신을 지키며

사는 것이랍니다. 그런데 한국은 서양과 교역을 하기 시작한지 얼마 되지도 않아 벌써 새로운 문물을 받아들이는 건 물론 고유의 정신까지 다 내다버린 것 아닙니까? 어찌 불교의 정신은 어디 가고 빨간 십자가가 판을 치는 세상이 되었답니까?"

이렇게 열을 올리는 사이또 교수에 K교수는 항변을 할 수가 없었다. 문득 K 교수는 머리를 한 대 맞은 것처럼 멍한 생각이 들었다. 순간 이와 비슷한 이야기를 독일에서도 들었던 기억이 떠올랐다. K교수가 독일에 교환교수로 가 있을 때 현지 교수들과 교류를 하던 중에 하이머 교수가 물었다.

"K교수님, 한국의 전통문화가 무엇입니까?"

K교수는 독일교수의 갑작스런 이 질문에 대답을 하려고 보니 딱히 전통문화가 무엇인지 망설여져 대답을 머뭇거리고 있었다. 그러자 독일교수는 혼잣말처럼 "한국교수조차 전통문화를 모르고 있으니 한국 학생들이 모르는 것은 당연한 것이겠군요."라고 말했다. 이 소리에 듣기가 민망해진 K교수가 "그게 무슨 소리요?"하고 되물었다.

그때 하이머 교수가 하는 이야기는 독일에 유학 온 여러 나라의 학생들에게 첫 수업시간에는 자신의 나라의 전통문화에 대한 소개를 하는 시간을 준다. 그러면 대부분의 학생들은 자신 있고 막힘없이 발표하는데 반해 유독 한국 학생들만 고

개만 갸우뚱거리며 시간을 낭비하더란다. 그래서 왜 그러냐고 한국 학생들에게 물었더니 우리 전통문화가 무엇인지 잘 모르겠다고 하더란다. 그때 독일에서 K교수는 이 이야기 때문에 충격을 받았는데 일본에서 다시 비슷한 이야기를 들은 것이다.

정말 우리 전통문화란 무엇일까? K교수는 갑자기 머리가 혼란스러워졌다. 삼국시대에 들어온 불교? 아니면 조선시대의 유교? 그것도 아니라면 우리나라의 도심을 덮고 있는 빨간 십자가의 기독교? K교수는 결국 고개를 떨어뜨리고 할 말을 잃었다. 물질은 받아들여도 정신을 받아들이지 않는다는 일본 사이또 교수의 말에 아무런 대꾸도 할 수 없었음에 너무 부끄러워졌다.

〈뿌리〉라는 영화를 보면 자신의 뿌리를 찾기 위해 아프리카에서 노예로 끌려온 할아버지의 고향을 몇 번씩 찾아가며 겪는 이야기들이 나온다. 선진국일수록 전통과 뿌리를 중시하는데 우리는 전통과 뿌리에 대해 소홀히 하지 않았나 하는 생각이 든다. 우리 전통이 무엇이라 항변하기보다 누구나 알 수 있는 전통을 찾아 지키는 지혜가 필요한 때가 아닐까.

세상과 만나는 지혜

창의성이 내 인생을 바꾼다

01
작은 아이디어가 인생을 바꿀 수 있다

1986년에 내가 중고차를 사서 한창 긴장을 하고 운전을 할 때의 일이다. 그 당시에는 초보운전이라서 항상 어둡기 전에 일찍 귀가하곤 했다. 하지만 어느 날 갑자기 일이 생겨 어쩔 수 없이 늦게 퇴근할 수밖에 없었다.

하필이면 그날따라 비까지 내리고 있었다. 그 바람에 비가 오는 어두운 밤길을 난생 처음으로 운전하게 되었다. 나는 전조

등을 켜고 앞을 뚫어질 것처럼 주시하면서 초긴장 상태가 되었다. 그렇게 조심스럽게 운전을 하다가 우회전을 하는 찰나 갑자기 눈앞에 장애물이 나타났다.

"아니, 이게 뭐야?"

나는 너무 놀라서 황급히 소리를 질렀다.

갑자기 차 앞에 나타나는 사람을 보고 나는 '끼익!' 하는 굉음을 내며 급브레이크를 밟았다. 횡단보도로 사람이 지나가는 순간이었다. 그런데 왜 사람을 못 봤을까? 나는 놀란 가슴을 진정시키고 다음날 왜 내가 그런 실수를 했는지 생각하며 원인을 더듬어 보았다.

곰곰이 돌이켜보니 그 원인은 아주 평범한 데서 찾을 수 있었다. 흔히 우리가 야간 운전을 할 때에는 전조등 불빛 안으로 들어온 물체는 잘 보인다. 하지만 전조등 밖의 물체는 더 안 보인다. 또한 우회전을 할 때 핸들을 우측으로 틀면 전조등은 꺾이지 않고 그 빛은 여전히 앞을 비춘다. 하지만 바퀴는 꺾이게 되어 위험한 일을 당할 수 있다는 것을 깨달았다. 즉 우회전을 할 때에 바퀴와 전조등의 방향이 따로따로 되는 것이다.

이러한 문제는 나만의 일이 아니고 누구에게나 일어날 수 있는 일이었다. 더구나 이건 사람의 생명과도 직결되는 문제였다. 난 그날 밤부터 도면을 그리고 작업에 들어갔다. 전조등에 불

이 켜지면 전조등도 바퀴와 같이 움직일 수 있게 제작을 했다.

나는 이 정도의 아이디어라면 충분히 사고를 예방할 수 있는 발명품이라고 흡족해 했다. 그래서 예전부터 말로만 들어오던 특허를 출원하기 위해 특허청으로 편지를 보냈다. 물론 특허 출원방법에 대해 가르쳐 줄 것을 요청하는 편지였다. 그런데 아무리 기다려도 특허청에서 답은 오질 않았다(참고로 현재는 관청에 질의를 보내면 답이 제 때 도착함). 답장을 기다리다가 지친 나는 일상에 밀려 한참 뒤에는 그 일에 대해 아예 잊어버렸다.

'아! 그래. 나도 저렇게 생각했는데……'

그 후 3년쯤 지나서 우연히 TV를 보고 있는데, '아니 이럴 수가……!' 예전에 내가 만들었던 핸들 조향장치와 너무나 똑같이 만들어진 발명품에 대한 뉴스가 나왔다. 모 초등학교 교사가 특허를 냈고, 그 특허를 모 자동차 회사에서 2억 원에 사기로 했다는 이야기였다. 너무 기가 막히고 허탈하였다. '내가 만들었는데……' 2억 원을 도둑맞은 느낌이 들었다. 그런데 왜 내가 특허를 몰라서 못 냈을까, 라는 생각을 해보았다.

더구나 공과대학을 나온 내가 모른다면 무엇인가 문제가 있다는 생각이 들었다. 우리 교육의 총체적인 문제인지도 모른다. 나는 공과대학을 졸업할 때까지 정규 수업에서 그 중요한 특허에 대해 한 번도 들어 본 일이 없었던 것이다.

이제 우리 교육과정은 발명과 특허에 대해 정규 교과에 포함을 시키고 있지만, 몇 년 전까지만 해도 발명은 제도권 밖에 있었다. 이는 그만큼 발명과 특허에 대해 중요하게 생각하지 않았다는 사실을 반증한다. 그러면서 '공업선진국'이니 '기술자립'이란 말들을 쓴다. 기술자립이 발명과 특허 없이 이룰 수 있는 것일까?

그 당시 나는 지금부터 혼자라도 발명과 특허에 대해 제자들에게 가르쳐 보자고 결심했다. 나에게 배운 학생들은 발명이나, 특허로 인해 피해를 보는 일이 없도록……. 그리고 작은 아이디어라도 특허나 실용신안을 출원하고, 학생들에게 출원하는 방법을 일러 주고자 마음을 먹고 시작한 것이 25년이란 세월이 흘렀다.

작은 아이디어가 인생을 바꿀 수 있다. 양치기 소년이던 조셉도 가시철망으로 억만장자가 되었고, 십자드라이버를 만든 필립이 필립 사를 만들어 세계적인 기업을 이룩할 수 있었던 것도 모두 다 작은 아이디어에서 비롯되었다.

우리는 새로 나온 상품을 보면서 가끔씩 이런 이야기를 할 때가 있다. '아! 그래. 나도 저렇게 생각했는데……' 그것은 아깝지만 벌써 소중한 나의 재산을 날려 버린 것이다. 나의 작은 아이디어라도 소중한 자산이라는 것을 알고 아끼자.

천 마리의 종이학이 행운을 준다고 한다. 그러나 작은 아이디어 하나는 나의 인생을 바꿀 수 있다. 여러 번 강조하는 말이지만, "작은 아이디어 하나에도 관심을 갖자."

세상과 나누는 지혜

02
남과 다른 생각이 세상을 바꾼다

라이트 형제는 하늘을 나는 새를 보고 '어떻게 저 새들은 하늘을 날 수 있을까' 하는 생각을 했다. 그리고 그 생각을 발전시켜 하늘을 날 수 있는 방법을 연구하며 도전하여 비행기를 만들었다.

또 에디슨은 바람을 타고 하늘로 둥둥 뜨는 풍선을 보고 친구를 지하실로 불러 몸속에 가스가 발생하는 약품을 먹이고

몸이 뜨는지 실험을 하였다고 한다. 이 에디슨의 이야기는 어려서부터 궁금증이 나면 실험해 보는 도전정신을 잘 나타낸다.

100명의 사람에게 위치 태그를 붙이고 그 사람들이 어떻게 움직이는지 움직임의 반경을 조사한 실험이 있었다. 그 실험 결과를 보면 대부분의 사람들은 전날 머물러 있던 시간과 장소에 다음 날도 같은 시간, 같은 장소에 나타난다는 것이다.

그러나 100여명의 사람 중에 한두 명의 사람들은 그 사람들과 달리 어제 그곳에 있지 않고 엉뚱한 곳에 있고 어제와 다른 엉뚱한 일을 하는 경우를 볼 수가 있었다.

사회의 변화 속도가 너무 빨라 우리 같은 기성세대는 속도에 맞춰 따라가기에도 바빠 헤매는 일이 허다하다. 그렇게 사회를 빠르게 변하도록 하는 것은 누구일까? 일정한 바운더리(boundary) 안에서만 일정한 룰을 지키며 사는 사람이 아니라, 룰을 벗어나 엉뚱한 곳에서 엉뚱한 일을 저지르는 사람들이 사회를 바꾸고 있다고 한다.

여성들의 치마의 길이에 따라 치마의 길이가 발의 복숭아 뼈까지 내려가는 가장 긴 맥시(Maxi), 무릎과 복숭아 뼈 사이까지 내려가는 미디(Midi) 그리고 무릎의 약간 위까지 올라가는 샤넬(Chanel)과 속옷이 보일 듯이 아슬아슬 하게 올라간 짧은 미니(Mini) 등으로 구분을 하고 있다.

　중세 유럽에서는 귀부인들이 속살을 드러내는 것을 상스럽게 생각하고 긴 맥시스타일의 드레스를 입는 것을 당연하다 생각하고 있을 때 가브리엘 샤넬이라는 사람이 나타나 과감하게 무릎 위까지 자른 치마를 입고 의상실을 열었다.

문제아도 다시 보면 세상을 바꾸는 인재일 수 있다

　샤넬 의상실은 당시 귀족들의 상식과 금기와 관습을 뛰어 넘는 여성복 시대를 열었다. 코르셋으로 허리를 있는 대로 조이고 맥시 스타일의 긴 치마에 주렁주렁 레이스를 달고 온갖 장식으로 잔뜩 멋을 내서 하늘을 가릴 듯한 커다란 모자를 쓰고

다니던 시대에 종아리가 다 드러나게 입는 스커트를 샤넬은 세상에 내놓았다.

샤넬은 위치 태그를 붙인 사람들의 바운더리에서 벗어나는 이단아임에 틀림이 없다. 그러나 샤넬의 옷은 당시에는 커다란 반향을 일으키고 새로운 시대를 알렸다. 그리고 그 반향은 신호탄이 되어 중세 여성들에게 인형이 아니라 살아있다는 생명을 불어 넣는 계기가 되었다. 여성을 억압하는 옷이 샤넬 이전의 옷이었다면 샤넬 이후의 옷은 여성을 해방시키는 편안한 옷이었다.

우리는 반드시 있어야 할 곳에 물건이 없어도 안 되고, 있어야 할 장소에 사람이 없으면 큰 일이 일어난 듯 야단법석을 떤다. 조금은 틀에서 벗어나고 규정을 어기는 사람을 '문제아'라 생각하고 그들을 탄압만 하는 우리들이 과연 옳은 걸까?

학생부를 지나다 보면 간혹 담배를 피다가 잡혀온 학생들이 옹기종기 모여 있는 경우를 종종 본다. 학생부장 선생님의 훈계 후 학생과 선생님의 대화를 보면 대충 다음과 같다.

학생부장 : 자! 모두 반성문을 써서 제출해라.

학생 : 뭐라 쓸까요?

학생부장 : 야! 담배를 피우지 않겠다고 써야지.

학생 : 몇 번 쓸까요?

학생부장 : 야! 100번 씩 써서 제출해.

학생 : 알겠습니다.

이것이 중고등학교 학생부에서 일어나는 교사와 학생의 대화다.

그런데 이런 상황을 생각해 보자. "목이 긴 기린을 생각하지 말라"고 하면 우리는 무엇이 떠오르는가? 생각하지 말라는 '목이 긴 기린'이 떠오를 것이다. 마찬가지로 담배를 절대 피우지 않겠다고 하면서 100번을 쓰는 동안 학생들은 무슨 생각을 하게 될까?

우리는 잘못된 교육을 하면서 올바른 교육인양 지금껏 해오지 않았나, 하는 반성부터 해야 할 때다. 천편일률적인 것만을 원하는 학습이 아니라 새로운 도전을 위해 위치 태그를 벗어나는 학생을 인정하는 교육, 그들을 문제아로 취급하지 않고 이해하는 사회가 세상을 발전시키고 건강한 곳이라는 것을 새롭게 생각해 보자.

03
세상을 리드(Read)해야 미래의
리더(Leader)가 될 수 있다

1970년대 초반 제1차 오일 파동이 있을 때, 일본은 어느 종합 상사 직원에 의해 오일 파동을 그나마 쉽게 넘길 수 있었다고 한다. 이 직원은 매일 대하는 신문 속에서 새로운 사실을 발견했다. 다른 때와 달리 중동지방의 이야기가 신문에 자주 다루어지고 있다는 사실에 주목하고 중동에 관한 내용을 스크랩하

기 시작했다.

　당시에 중동지역에서 미국과 가장 친밀했던 사우디아라비아가 이례적으로 미국을 향해 돌출발언을 하기 시작하면서 아랍국가 지도자들의 모임이 잦아졌다.

　또한 이스라엘과 미국의 회동이 신문에서 자주 거론되는 것을 관심 있게 지켜본 종합상사 직원은 중동에서 전쟁의 조짐이 보이니 원유를 비축해 두는 것이 좋을 듯하다는 내용의 보고서를 올렸다.

　이 보고서는 긍정적인 평가를 받고 채택이 되어 일본의 종합상사에서는 모든 자금력을 동원하여 원유를 사 두기로 결정을 했다.

세상을 읽는 눈이 위기를 기회로 만든다

　이 보고서를 토대로 원유를 사두기로 결정한 때가 1973년 6월경이었고, 그 해 10월에 제 4차 중동전쟁을 계기로 OPEC는 전쟁 당사국인 이스라엘을 지원했던 미국과 그 지원국에 대해 석유 수출을 금지시켰다.

　결국 석유 생산량의 감축을 통해 석유가격은 크게 올랐다.

당시에 원유 가격은 배럴당 2.5달러에 불과했으나 전쟁이 발발한 후 12달러까지 치솟았다. 이것은 제2차 세계대전 이후 세계경제사상 최악의 불황을 야기한 제1차 오일쇼크를 몰고 온 사건이었다.

이 제1차 오일쇼크는 세계경제를 마비시킬 만큼 엄청난 회오리바람을 일으켰다. 그러나 일본은 종합상사 직원 한 사람의 세상을 읽는 눈이 위기를 기회로 만들어 국가를 구하고 종합상사에 엄청난 부를 챙겨주는 기회가 되었다.

이에 반해 이런 위기상황에 준비가 미흡했던 우리나라는 돈이 있어도 원유를 구할 수가 없었다. 사람들은 석유곤로와 호롱불을 켜는데 사용할 기름을 사기 위해 주유소 앞에 길게 줄을 서야 했다. 또 국가에서는 전기를 절약하기 위해 제한 송전을 실시했다. 그 결과 네온사인을 켜지 못해 우리의 서울은 죽음의 도시가 돼야 했던 아픈 기억이 있다.

세상을 '리드(Read)'한 종합상사 한 직원의 예견으로 그 회사는 엄청난 이득은 물론이고 제1차 오일파동을 쉽게 넘길 수 있었다. 이 사례를 통해 우리는 다시 한번 "세상을 리드(Read)하면 미래의 리더(Leader)가 된다"는 말을 음미해 볼 필요가 있지 않을까.

04
창의력이 마케팅을 살린다

"저 여자 게스(GUESS) 입었다."

"게스가 뭔데?"

"넌 허리 사이즈가 24˝만 입을 수 있는 청바지 광고 안 봤어?"

게스 청바지를 입고 가는 여자 바지의 상표를 보고 나누는 이야기이다. 게스 청바지 이야기는 1981년부터 시작된다. 청바

지 사업에 뛰어든 마르시아노 형제는 청바지를 만들어 판매를 시작해 반응이 좋아 꾸준히 잘 팔렸으나 마케팅을 위한 광고비가 없다보니 구멍가게 수준을 벗어날 수가 없었다.

지금처럼 인터넷 시장이 형성된 것도 아닌 시기에 형제는 어떻게 해야 미국 전 시장에서 전 세계시장까지 판매망을 넓혀 사업을 할 수 있을까? 두 형제는 머리를 맞대고 몇 날 며칠씩 고민을 거듭하기 시작했다.

메이저급의 청바지 회사의 위력에 눌려 지역 판매를 벗어나지 못해 답답함을 느끼면서도 두 형제는 뾰족한 대책이 없었다. 인건비만 나오는 사업을 꿈꾸지 않고 보다 큰 사업을 꿈꿨던 형제는 판로를 확대할 방법을 찾지 못해 사업을 접어야 하나 하는 위기에까지 봉착하게 되었다.

정말 사업을 접어야 하나?

두 형제가 찻집에 앉아 문제를 해결 하기위해 갑론을박을 하며 고민을 하고 있을 때 옆 테이블에서 젊은 아가씨들의 이야기 소리가 들렸다.

"너 허리 사이즈가 몇 인치니?"

그 말에 상대편에 앉아 있던 친구인 듯한 사람이 자조적인 말투로

"날씬하게 몸매를 가꾸면 뭐하니? 허리 사이즈가 24인치라는

세상과 만나는 지혜

것을 알아주는 사람도 없는데……. 이 몸매를 위해 다이어트며 단식이며 그렇게 고생을 했는데 말이야."

"그래서 너 지금 날씬하고 예쁘잖아?"

"내가 원하는 것은 사람들이 내 몸매가 24인치라는 것을 알았으면 줬으면 좋겠다는 거야."

창의력은 생각의 전환이다

이 대화를 듣고 나서 갑자기 동생이 머리를 치며 말했다.

"그래, 바로 그거야, 형! 우리가 가진 돈을 모두 모으면 신문광고 하나 정도는 낼 수 있겠지?"

"무슨 소리야 뜬금없이……."

"형도 들었잖아, 여성들은 날씬한 자신의 몸매를 남들이 알아주기를 원하는 것을……. 그런데 그 심리를 충족시켜 주는 옷이 없다는 소리잖아. 그것을 우리가 충족해 주자는 거지."

"야! 어떻게 하겠다는 것인지 구체적으로 이야기를 해봐. 내가 알아들을 수 있게."

"우리가 가진 돈을 모아서 신문광고를 이렇게 내면 어떻겠어? 〈허리 사이즈가 24″만 입을 수 있는 게스 청바지〉, 어때,

괜찮겠어?"

동생의 설명에 아직도 감이 잡히지 않은 형이 묻기를 그게 어떻다는 것인지를 다시 묻는다.

"형! 이 광고를 보면 제일 먼저 누가 이 옷을 사 입겠어?"

"그야, 허리 사이즈가 24″이고 몸매를 자랑하고 싶은 사람들이겠지?"

"맞아, 그거야. 그 사람들이 옷을 사 입고 자랑을 하겠지. 그리고 그 사람들은 그 옷을 입을 때 우리의 상표가 겉으로 드러나게 입을 것이고, 그래야 자신의 허리 사이즈가 24″라는 것을 사람들이 알 수 있을 테니까."

형이 말을 이었다.

"그리고 우리의 게스 광고를 본 사람들은 우리 청바지를 입고 가는 사람의 상표를 보고 이야기 하겠지? 쟤, 게스 입었다고⋯⋯. 그 때 광고를 보지 못한 사람들은 무슨 소린지를 묻게 될 테고⋯⋯."

동생이 다시 말을 잇는다.

"그러면 넌 광고 안 봤느냐며 허리 사이즈가 24″만 입을 수 있는 게스 청바지임을 가르쳐 주게 되고 그 소문은 입에서 입으로 전해져 미국전체에 퍼져 나갈 수 있다는 것이겠지?"

세상과 만나는 지혜

창의력으로 도전하면 막힌 사업도 뚫는다

형제는 죽이 척척 맞으며 맞장구를 치기 시작했다. 찻집에서의 회동이 있은 며칠 후 일간지 신문에 〈허리 사이즈가 24″만 입을 수 있는 게스 청바지〉라는 광고가 실렸다.

광고가 나간 후 바로 문의 전화와 함께 주문이 들어오기 시작했다. 예상보다 더 뜨거운 반응으로 주문이 들어와 정신이 없이 바빠졌을 무렵 항의 전화가 들어왔다. 항의전화 내용은 "왜 24″ 청바지만 만드는 것입니까? 나도 게스 청바지를 입기 위해 밥을 굶으면 24.5″고 밥을 먹으면 25″라서 도저히 게스를 입을 수가 없으니 24.5″의 청바지도 만들어 주세요."라며 사정 아닌 협박을 해왔다.

신문 광고가 나간 후 그렇지 않아도 몸매를 자랑하고 싶던 여성들이 줄줄이 게스 청바지를 사 입고 상표를 드러 내놓고 다니며 자신의 몸매를 자랑했다. 그것을 본 사람들이 한 마디씩 게스 입은 것을 입에 담으면서 자연스럽게 광고가 효과를 보게 된 것이다.

광고 후 게스의 상표는 날씬한 여성 몸매의 상징이 되고 자연스럽게 선호하는 상표가 되었다. 입에서 입으로 구전되기 시

작하면서 '날씬한 청바지는 게스'라는 등식으로 자리할 때쯤 24.5″의 게스를 만들어 달라는 요구가 더욱 거세게 들어왔다.

그 요구를 하는 사람을 위한 청바지를 만들어 주기 시작하자 그 소문 역시 24.5″인 여성들에 의해 퍼져 나갔다. 그것은 금방 25, 25.5, 26″ 등으로 퍼져 이후에는 후리(free) 사이즈로 번지는 계기가 된 것이다. 지금은 게스 청바지가 전 세계에 확산되어 판매되고 있다. 게다가 2009년에는 한국 소비자가 뽑은 세계 명품 의류 부문에서 브랜드 대상까지 수상했다.

　창업을 하는 사람들은 마케팅을 위해서는 돈이 필요하다고 생각한다. 돈이 없으면 마케팅도 사업도 할 수 없다고 한다. 하지만 게스 청바지의 사례를 참고하여 창의력으로 도전한다면 앞으로의 사업에 대한 전환점이 되지 않을까.

05
새로운 것에 대한 호기심은
발명의 열쇠이다

　발명을 하려면 자신감부터 가져야 한다. 나도 할 수 있다는 생각을 가질 때 발명을 할 수 있다. 미국인들은 남녀노소를 막론하고 모두 자기가 발명가라고 생각한다. 그리고 발명처럼 유익하고 보람 있는 일이 없다고 생각한단다.

　우리는 매일 아침에 일어나 저녁 잠드는 시간까지 '이거 왜

안 되지?, 아이 짜증나, 이것 좀 쉽게 해주는 사람이 없나?, 이거 이렇게 고쳤으면 좋겠다. 이거 이렇게 하면 어떨까?' 이렇게 생각하는 사람들을 주변에서 많이 볼 수 있다. 그들은 벌써 발명을 할 수 있는 자질이 풀풀 넘치는 발명가이다.

발명이란 생활 속에서 느끼는 곤란, 불평, 불만, 답답함 등의 어려움에 처했을 때 이것을 어떻게 극복할 수 있을까 생각하는 데서부터 비롯된다. 그리고 갑자기 새로운 것의 경험 등은 우리에게 발명해 줄 것을 암시하고 있다고 생각하면 접근이 쉬울 것이다.

다음은 일본의 이케다 박사가 부인이 해준 새로운 맛에 관심을 갖는 데서 시작된 발명 이야기이다.

"여보! 무슨 냄새가 이렇게 맛있어요?. 정말 맛있는 냄새가 진동을 하네요. 야! 정말 맛있는데 무엇을 넣고 끓였어요?"

"이거 다시마로 끓인 것인데 맛이 괜찮으세요?"

일본의 이케다 박사는 홀로 자취 생활을 하다가 장가를 가서 아내가 해주는 맛있는 요리에 매일 감탄을 하면서 행복한 생활을 했다. 그런데 맛있게 요리를 해주는 부인이 정말 고마워 많은 사람들에게 아내의 요리 솜씨를 자랑해야겠는데 할 방법이 없었던 것이다. 어떻게 해야 내 아내의 음식 솜씨를 자랑할 수 있을까?

맛있는 요리를 들고 다니면서 사람들에게 먹여 줄 수도 없고, 그렇다고 우리 마누라 요리 잘한다고 동네방네 다니면서 떠들 수도 없고, 그렇게 시간을 보내면서도 요리를 잘하는 부인이 자랑스러웠다.

그러던 어느 날 퇴근길에 학생들이 학교에서 했던 실험에 대해 떠드는 이야기를 지나가며 듣게 되었다.

'그래, 바로 그거야! 다시마 국물을 조리면 무엇인가가 남을 거야. 그것을 분석하면 무엇인가 나오겠지.'

이렇게 생각한 이케다는 아내에게 물었다.

"여보! 당신 다시마로 국물을 내어 음식을 만든다고 하였지요?"

"네, 그런데요?"

"지금 다시 다시마로 국물을 내줘 봐요"

'아지노모도'라는 조미료가 탄생시킨 맛의 혁명

이케다는 학교에 다닐 때 소금물을 가열하여 물을 증발시켜 소금만 남게 했던 과학시간이 생각난 것이었다. 그리고는 아내가 끓여준 다시마 국물을 계속 조리다가 국물 속에 있는 섬유

질은 건져 내고 국물만 계속 더 조리다 보니 마지막에 하얀 쌀처럼 생긴 백색 가루가 남게 되었다. 그렇게 남은 하얀 백색 가루를 분석하여 보니 일부는 소금이고, 일부는 '글루탐산나트륨'이라는 성분이었다.

'그래, 이것이로구나!' 이케다는 무릎을 탁 쳤다. 다시마 맛의 비밀은 바로 이 '글루탐산나트륨'에 있었다는 걸 알았다. 그 글루탐산나트륨을 음식에 조금 넣고 먹어보니 맛이 없던 음식도 맛있어지는 것을 알게 되었다. 그리고는 회사의 동료들이 도시락을 먹을 때 그 가루를 조금씩 뿌려주었더니 모두들 깜짝 놀랄 정도로 음식 맛의 맛있는 변화에 감탄을 하는 것이었다.

이케다 박사는 계속해서 글루탐산나트륨에 관해 연구를 했다. 연구원이었던 그에게는 글루탐산나트륨을 다량으로 만드는 일이 그렇게 어려운 일이 아니었다. 그것은 밀가루 속에 들어있는 단백질을 염산으로 분해하면 쉽게 만들어지는 것이기 때문이다.

이렇게 해서 맛의 혁명을 일으킨 이케다 박사는 '아지노모도'라는 이름의 조미료를 만들었고, 이것은 곧 날개 돋친 듯이 팔렸다. 당시에는 음식 문화가 발달되지 않아 조악하고 맛이 없던 음식들이 많았다. 그런데 '아지노모도'라는 조미료의

탄생으로 맛의 혁명이 일어났던 것이다.

이 조미료는 당시에 일본에서뿐 아니라 우리나라에서도 크게 인기를 끌며 많이 팔렸다. 이케다 박사는 아지노모도 때문에 큰 부자가 되었다. 현재 동양 최대의 '아지노모도'라는 식품회사가 바로 그 조미료에 의해 탄생된 회사이다.

현재 아지노모도는 우리나라 많은 슈퍼에서 미원이나 감치미, 쇠고기 다시다 등의 여러 형태로 팔리고 있다. 요즘도 우리가 먹고 있는 조미료의 기원은 바로 일본에서 글루탐산나트륨을 원료로 만든 아지노모도인 것이다. 그런데 최근 화학조미료가 건강에 좋지 않다고 사람들이 기피하고 있다. 그러나 이 조미료가 오랫동안 음식문화를 지배해왔던 것은 사실이다. 이제까지 우리의 음식문화를 지배해 왔던 조미료가 건강을 해치지 않도록 새로운 대체물을 우리가 만들어야 하지 않을까 싶다.

이 이야기를 통해 우리는 과학 수업시간에 하는 작은 실험이 세상의 입맛을 변화시켰다는 것을 다시 한 번 되새김질해봐야겠다. 학교에서 실시하는 보잘 것 없는 실험일지라도 이 세상을 변화시키는 열쇠가 될 지도 모른다는 사실을 명심하자.

세상과 만나는 지혜

STEP 8

미래의 문을 열다

01
사형수의 교훈

아침에 양치하고 세수를 하며 침을 뱉는데 침 속에 가는 실 핏줄이 섞여 나왔다. 으레 잇몸에서 나오는 피려니 생각하고 무심히 지냈다. 오늘은 병원을 운영하는 선배와 만나기로 한날이다. 예전에 SBS 교육대상을 받았으니 한턱내라는 이야기에 오랜만에 만나 한 잔 하기로 하여 약속 장소에 일찍 나가 선배를 기다렸다.

오랜만에 만나 반갑게 인사를 나누고 이런 저런 이야기 끝에 양치할 때 실핏줄이 침에 섞여 나온다는 이야기와 목덜미에 둥그런 혹이 잡힌다는 이야기를 하자 촉수를 하고 느낌이 좋지 않으니 오늘 술은 먹지 말고 내일 병원에서 만나잔다.

별일이 있겠나 하는 생각으로 다음날 찾아가 진료를 받고 며칠 뒤 나타난 결과는 사람들이 두려워하는 암이라며 큰 병원에 가서 다시 정밀 검사를 하고 수술을 하라는 이야기다. 구인두암(편도암) 3기 말이란 병명으로 투병생활은 시작되었으며 영양 보충을 위해 맛있는 것을 많이 먹으라는 이야기를 듣고 병원 문을 나서는데 손을 벌리고 있는 거지가 눈앞에 보인다.

순간 거지가 부럽다는 생각이 들었다. 저 거지는 삶과 죽음을 걱정하지는 않아도 될 터인데…….

내가 아프다는 사실을 누구에게 이야기를 털어놓고 하소연할까? 갑자기 이야기할 상대가 없었다. 집사람? 집사람에게 이야기 하는 순간 집안은 무너지는 소리가 들릴 것 같고, 부모님? 그러잖아도 일찍 보낸 누이 때문에 항상 가슴 죄며 살아가시는데, 그렇다고 어린 자식에게 이야기할 수도 없고, 친구에게 이야기 하자니 자존심이 상하는 느낌이 들었다.

순간 이 세상에 나 혼자라는 생각과 외롭다는 생각이 들면서 왈칵 눈물이 쏟아졌다. 승용차를 한쪽 구석에 주차를 하고

주체할 수 없이 흐르는 눈물을 멈출 생각도 없이 한참 동안을 울었다. 너무 열심히 앞만 보고 살아오면서 나를 돌볼 줄 몰랐던 자신에게 불현듯 미안해졌다.

도스토예프스키에 관한 이야기

한참을 울고 집에 들어서려니 퉁퉁 부은 눈이 걱정이다. 퉁퉁 부은 눈을 보이지 않기 위해 집안에 들어서며 바쁜 일이 있으니 나를 부르지 말라며 서재에 들어갔다. 그리고 컴퓨터를 켜고 아무런 생각 없이 인터넷의 메일을 열었다.

메일을 확인하는데 그 속에는 사형선고를 받은 도스토예프스키에 관한 이야기가 있었다. 내용은 도스토예프스키가 20대에 사형선고를 받고 수감 생활을 하고 있을 때의 이야기였다. 사형수들이 있는 교도소에서 제일 듣기 싫어하는 이야기는 면회 왔다는 이야기란다. 이유인 즉 면회 왔다고 하면서 간수 두 명이 들어와 사형수를 양쪽에서 팔짱을 끼고 나가 앞으로 직진을 하면 진짜 면회장으로 가는 것이다. 하지만 앞으로 가다가 우측으로 방향을 전환하면 사형장으로 가는 것이기 때문에 면회 왔다는 이야기가 들리면 교도소 안은 침울한 정적이 돌

며 이번에는 누구 차례인가 하며 모두들 긴장을 했다고 한다.

도스토예프스키는 아침, 저녁으로 기도 속에 '제발 내게는 면회 왔다는 소리가 들리지 않게 해주소서' 하며 빌고 있었다.

그러던 어느 날 분주한 발소리와 함께 마이크 소리가 삑삑거리더니 "수감번호 1437번 도스토예프스키 면회!"라고 외치는 소리가 들린다. 잘못 들었을 것이라 생각하고 설마 내가 아니겠지 하는데 마주보고 있는 죄수들의 눈망울들이 모두 도스토예프스키를 향해 집중되고 있다. 이어서 마이크에선 다시 한 번 "수감번호 1437번 도스토예프스키 면회!"라는 소리로 재확인시켜준다.

주어진 마지막 남은 5분을 어떻게 쓸까

면회! 정말 만나고 싶은 사람도 많고 그리운 사람도 많은데 왜 면회라는 말이 이렇게 두렵고 떨릴까? 도스토예프스키는 속으로 생각했다. '그래, 면회라고 했으니 간수가 와서 이야기를 하면 면회에 나가지 않겠다며 버텨야겠다.' 이런 생각을 하는데 건장한 간수 두 명이 요란한 구둣발 소리를 내면서 도스토예프스키 방 앞으로 다가 온다.

"도스토예프스키 면회다!" 하면서 자물통에 열쇠가 꽂히는 소리와 함께 철창문이 열리는 금속성 소리가 날카롭게 들리는 순간 도스토예프스키는 힘이 쫙 빠지며 두 다리가 풀린다. 면회에 나가지 않겠다고 다짐했던 것이 일순간에 물거품으로 변하고 두 간수의 팔짱에 몸이 들려 질질 끌려가는 신세가 됐다. 도스토예프스키는 끌려가는 순간에 제발 '우향 우'를 하지 말고 직진을 하게 해달라며 간절히 기도를 했다.

그러나 야속하게 두 간수는 우향 우를 하더니 사형장으로 끌고 갔다.

'아! 이런 내 인생이 이렇게 끝나면 안 되는데, 난 아직 장가도 가지 않았고 할 일도 많이 남았는데……. 여기서 이렇게 죽으면 안 되는데…….'

도스토예프스키를 끌고 간 간수들은 작은 나무 의자에 그를 앉히고 나갔다. 그 후 사형 집행관이 도스토예프스키의 머리에 검은 보자기를 씌우고 목에 포승줄을 갖다 대며 조용히 일러 주었다.

"사형은 지금부터 5분 후에 집행합니다."

'그럼 이제 내가 세상의 공기를 마실 수 있는 시간도 5분밖에 남아 있지 않단 말인가? 두 눈을 가려 세상을 볼 수 있는 시간도 아니고……. 이 시간을 어떻게 보내야 될까?' 도스토예

프스키는 젊은 나이로 죽으면서 자신에게 주어진 마지막 남은 5분을 어떻게 쓸까 고민을 하다가 5분의 시간 계획을 세우기로 했다.

먼저 날 낳아주고 길러 주신 부모님과 한 이불을 덮고 한 솥 밥을 먹으며 자란 형제들에게 잘못했던 것들에 대해 용서를 빌고 그동안 고맙다고 인사하는데 2분을 쓰자. 또 2분은 학교에 다니면서 만났던 친구들과 선생님 산천초목들에 대해 미안함과 고마움을 표현하자. 나머지 1분은 교도소 안에서 내게 따뜻한 이야기를 해주셨던 그분들에게 고맙다고 인사를 해야지, 하며 계획을 짜고 있는데 옆에 있는 집행관이 2분 남았다고 귀띔을 해준다.

지나간 시간은 다시는 내게 오지 않는다

'아니, 지금 인사도 아직 하나도 하지 않고 그저 계획만 세웠을 뿐인데 3분이 지났다니……. 그럼 이제 2분을 어떻게 써야 할까?' 그렇게 도스토예프스키가 망설이고 있는 사이 마지막 준비하라며 30초 남았다고 일러 준다. 30초란 시간은 길게 숨 한번 쉬면 끝나는 시간이 아닌가.

　도스토예프스키는 눈물을 흘리면서 그냥 이대로 죽을 수밖에 없구나, 하고 낙담을 하고 있었다. 뉘우치고 인사조차 할 시간이 없어 안타까워하며 긴 한숨을 쉬고 있는데 옆에서 큰 소리로 떠드는 소리가 들린다.

　"도스토예프스키 사형 집행 중지 명령이 떨어졌습니다. 사형 중지 명령이!"

　그렇게 천재일우의 기회로 살아난 사람이 바로 『죄와 벌』, 『카라마조프 형제들』이라는 세계적인 명작들을 남긴 도스토예프스키이다. 그는 사형 집행 순간을 기다리며 시간의 소중함을 절실하게 깨닫고 교도소에서 나온 이후 촌음을 아끼는 습관으로 살았다고 한다.

　메일 속의 도스토예프스키의 이야기는 나에게 희망을 주는 암시처럼 느껴졌다. 나도 촌음을 아끼며 열심히 노력하면 암도 이길 수 있을 것이란 막연한 믿음을 갖게 해주었다. 그 이후로도 나는 암과의 투병 생활을 하면서 힘들 때마다 가끔씩 도스토예프스키 이야기가 머릿속에 떠올랐다.

　지나간 시간은 다시는 내게 오지 않는다. 내게 주어진 이 시간을 소중하고 알차게 보내는 삶을 살아 후회가 없도록 하자. 오늘 이 시간이 내 삶에 있어 가장 젊은 시간이고, 또 가장 왕성하게 일할 수 있는 시간이라는 걸 다시 한 번 생각해 본다.

02
꿈꿀 수 있는 의지가 세상을
바꾼다

　강의를 다니면서 아우슈비츠(Auschwitz) 수용소가 어느 나라에 있는지를 물으면 대부분의 사람들은 독일에 있다고 생각한다. 그러나 아우슈비츠 수용소는 독일에 있는 것이 아니라 폴란드 내륙에 위치해 있다. 제2차 세계대전 때 독일이 점령하여 유대인을 학살하기 위한 수용장소로 최대의 크기로 만든

곳이 바로 아우슈비츠 수용소이다.

그곳은 유럽의 중부 내륙지방에 위치하다 보니 여름에는 덥고 겨울에는 유난히 추운 지방이었다. 그리고 수용소의 시설은 추위는 아랑곳하지 않고 그저 비바람만 막을 수 있게 블록벽돌에 슬레이트 지붕으로 난방과는 거리가 먼 단층 막사로 지어졌다. 그 내부는 3층으로 침대를 만들고 층마다 칸칸이 나누어 한 칸에 3명씩 잠을 자게 하였는데, 그들이 잠자는 침상은 흡사 철사로 얽어 만든 케이지 닭장과 비슷한 모양이었다.

한겨울 혹한의 날씨에도 난방조차 하지 않았다. 심지어 잠을 자는 바닥엔 아무것도 깔 것이 없어 유대인들은 시멘트 바닥에 그냥 잠을 자야 했다. 그들에게 덮을 것은 아예 꿈도 못 꾸었다. 또 탈출을 근원적으로 막기 위해 남자들은 입은 옷까지 다 벗어야 했기 때문에 더 추위에 떨어야 했다. 그나마 주변에서 검불이라도 주워다 깔아 놓은 곳은 최상의 침상이었다. 그런 까닭으로 검불을 차지하기 위한 쟁탈전이 종종 벌어지곤 했다.

그들에게 식사는 굶어 죽지 않도록 하루에 한 끼만 지급되었다. 이런 추위 속에 굶주림의 고통까지 더해 수용소 생활에 사람들은 치를 떨었다. 유대인들은 이런 극심한 학대 속에서 고통을 받다가 가스실로 가게 된다. 가스실로 끌려가는 유대인들

의 모습은 피골이 상접한 형상으로 시체와 같았다.

수용소의 울타리는 2중 철조망으로 둘러 쳐져 있고 탈출을 막기 위해 안쪽의 철조망은 고압전류가 흐르게 하였다. 또 사람의 접근을 금지시키기 위한 경고판을 여기 저기 붙여 놓았는데, 수용소 생활에 지친 유대인들이 아침이면 울타리를 끌어안고 죽어 있는 시체로 발견 되곤 했다.

그리고 그들이 생활하는 화장실의 환경을 보면 칸막이도 없이 큰 통을 시멘트로 덮어 구멍만 다닥다닥 너무 조밀하게 뚫어 놓았다. 때로는 용변을 볼 때 옆 사람과 몸이 닿아 걸려 넘어지는 일까지 생겼다. 화장실은 수용소 인원에 비해 턱없이 모자라게 만들어 많은 사람들이 화장실이 아닌 이곳저곳에서 용변을 볼 수밖에 없었다. 또한 용변을 보고나서 뒤처리도 못하고 때로는 주변에 실례해 놓은 용변 덩이를 밟기도 했다. 더욱 심했던 것은 그 사람들에게 용변을 보고 뒤처리를 할 수 있는 화장지나 씻고 마실 물조차도 공급하지 않았다는 사실이다. 닦을 수도 씻을 수도 없어 사람들의 옷이나 몸에 용변이 묻게 되고 비좁은 곳에서 함께 잠을 자면서 옷에 묻은 용변을 서로가 이곳저곳에 묻히다 보니 그곳은 흡사 돼지우리와도 같았다.

사람 취급하지 않았지만 나는 사람인 것을······

 아우슈비츠 수용소에서 생활하는 사람들은 나중에는 돼지우리 같은 생활에 익숙해졌다. 그런 나머지 그 환경이 아무렇지도 않았고, 자연스럽게 그 상황을 받아들이게 되었다. 사람들은 학습된 무기력으로 그 상황을 벗어날 생각조차 하지 않았다.

 나중에 안 사실은 아이들이 거지꼴을 하고 있는 사람에게는 돌팔매질을 해도 죄의식을 별로 느끼지 않지만, 말쑥하게 차려입은 사람에게 돌팔매질을 할 때는 더 크게 죄의식을 느낀다고 한다. 따라서 나치 병사들이 유대인을 가스실로 끌고 갈 때 거지에게 돌팔매질을 하는 것처럼 죄의식을 덜 느끼게 하기 위해 그렇게 했다는 후문이다.

 하루하루를 굶주림과 추위를 참고 지내는 그들에게 오후 3시가 되면 커피 향과 함께 퀴퀴한 냄새가 나는 따뜻한 차가 나왔다. 추위에 떨고 있던 대부분의 사람들은 그 커피향이 나는 차가 나오면 식기 전에 단숨에 마셔 온 몸에 따뜻한 온기가 퍼져 잠시라도 추위를 녹일 수 있도록 했다.

 그러나 몇몇 사람들은 따끈한 차를 한 번에 다 마시지 않고

절반은 남기는 사람이 있었다. 너무 뜻밖이라 그 사람들에게 왜 절반만 마시고 절반을 남기는지 그 이유를 물었더니 그들이 하는 이야기는 뜻밖이었다.

"히틀러가 우리들을 사람 취급을 하지 않고 있는데, 그에게 항거할 수 있는 길은 오직 내가 짐승이 아니고 사람임을 나타내는 것뿐이라 생각한다. 그래서 절반쯤 남긴 그 차로 손과 얼굴을 씻으려고 남겼다."

그런 행동을 보고 수용소의 다른 사람들은 그들에게 용변을 보고 뒤처리도 못하는 주제에 무슨 손을 씻고 얼굴은 씻느냐고 비아냥거리기까지 했다. 그러나 그들은 간수들이 밥을 배식할 때가 되면 깨끗하게 씻은 손과 얼굴을 창틀로 내보이며 마음속으로 외쳤다.

"야! 나치들아! 내 손을 잘 봐라. 너희들이 나를 사람 취급하지 않았지만 나는 사람인 것을……."

그 뒤에도 가스실에서 많은 유대인들은 살해됐고 많은 사람들이 죽어갔다. 그런데 그 이야기는 어떻게 덮어버리지 않고 우리에게 이리 생생하게 전해진 것일까?

그것은 삶의 의지가 강했던 그들이 살아남아 우리에게 전해 줬기 때문이다. 삶의 의지가 강한 사람은 어디서든 살아남을 확률이 높고, 하고자 하는 의지가 강한 사람은 목표를 달성할

세상과 만나는 지혜

확률이 높다고 한다.

　꿈과 관심을 잃은 사람은 쉽게 늙으나, 호기심과 꿈을 잃지
않는 사람은 쉽사리 늙지 않는다고 한다. 꿈꿀 수 있는 의지가
세상을 바꾼다.

03
비광의 의미를 되새기며

　명절 때 부엌에서 음식을 준비하는 사람과 방 한 가운데 자리하고 고스톱을 치는 사람들의 모습이 한 때는 세시풍속처럼 우리 가까이에 있던 문화이기도 했다. 아직도 유원지나 공공장소에서 술을 마시고 고스톱을 치면서 큰소리로 고, 스톱을 외쳐 대는 소리에 눈살을 찌푸리게 하는 경우를 가끔씩 볼 수 있지만⋯⋯.

우리나라 공항에서 한 외국인이 비행기를 타기 위해 게이트 (Gate)로 이동 중에 어디서 스톱(Stop)이란 말이 들려 잠간 멈췄다가 고(Go)라는 소리를 듣고 이동을 했다는 이야기가 코미디 프로에 등장할 정도로 우리나라는 고스톱 열풍에 덮여 있었다. 그렇게 우리가 열광하고 있는 화투는 우리들에게 사행심을 조장하고 그 화투로 인해 패가망신을 한 안타까운 사람들이 있기도 하다.

원래 화투는 일본에서 만들어져 한국에 보급한 목적이 한국인들을 사행심과 도박에 빠뜨려 무능한 백성으로 만들기 위한 속셈이 숨어 있었다고도 한다. 그러나 그 화투를 처음 만든 사람은 화투는 사행심만 있는 오락 도구라는 오명을 벗기 위해 비광을 만들 때 일본의 서체에 숨겨진 야사를 비광 속에 그림으로 나타냈다고 한다.

그 숨겨진 이야기를 들어 보면 이렇다. 조선에는 추사 김정희 선생이 있고 중국 진나라에는 왕희지 선생이 있는데 일본에는 서예의 대가가 없는 것이 안타까워 일본의 '오노 미치가제'라는 사람이 결심을 한다.

"조선과 중국에는 있는데 왜 우리 일본에는 붓글씨의 대가가 없단 말인가? 같은 한자 문화권인데 왜 우리 일본에만 없는 거야?"

287

STEP 08. 미래의 문을 열다

혼자서 깊이 생각을 하던 오노 미치가제는 스스로 결심을 했다.

"내가 일본에서 붓글씨의 대가가 돼야지. 그리고 한국과 중국을 뛰어 넘는 서예가로 일본에만 있는 독특한 서체를 남기겠어."

이렇게 결심을 한 오노 미치가제는 붓과 벼루와 먹과, 화선지를 들고 골방에 들어가 붓글씨를 쓰기 시작했다. 먼저 추사 김정희 선생님을 스승으로 삼아 추사체를 모방하는 것으로부터 붓글씨를 공부했다.

10년 세월 도로아미타불이 되다

오노 미치가제가 붓글씨의 서체를 다 완성하기 전까지는 누구와도 만나지 않겠다는 굳은 각오로 골방에 들어와 글씨를 쓰기 시작한지 10년쯤 되었을 무렵이었다. 모방에서 창조의 단계를 거쳐 이 정도면 스승으로 삼았던 추사체 정도의 글씨는 되겠다는 생각으로 원본과 비교하는 순간 윽! 하고 소리를 지를 수밖에 없었다.

자신의 글씨라고 10년 동안 쓴 글씨는 김정희 선생님의 추사

체와는 비교할 수 없이 조악했다. 이에 오노 미치카제』는 탄식을 하며 이렇게 외쳤다.

"아! 나는 선천적으로 소질이 없구나. 그런데도 최고의 명필이 되겠다고 했으니 이 얼마나 어리석은 일인가. 옛 속담에 오르지 못할 나무는 쳐다보지도 말라고 했는데 무모하게 세월만 허비했구나!"

그는 허송세월을 하며 10년을 보냈다는 것이 안타까워 긴 한숨을 내쉬었다. 그리곤 붓과 벼루와 먹과 화선지를 모두 깨부수고 찢으며 분풀이를 했다. 이후 답답한 가슴을 진정시키려 밖으로 나왔다. 봄비가 보슬보슬 내리고 있었다. 오노 미치카제는 우산을 받쳐 들고 먼 산을 바라보며 한참동안 깊은 한숨을 내쉬다가 명상에 빠져 들기 시작했다.

그런데 어디서 풀쩍 꽥, 풀쩍 꽥하는 소리가 들려왔다. 소리가 나는 쪽을 쳐다보니 자신의 키보다 수 십 배 높아 보이는 높은 곳의 버드나무 잎을 따기 위해 개구리 한 마리가 점프를 하고 있었다. 작은 개구리는 있는 힘껏 점프를 해 뛰어 올라 버드나무 잎을 물려다 성공하지 못하고 그냥 떨어지곤 했다. 그때마다 바닥에 부딪히며 내는 소리가 꽥, 꽥 하는 소리로 들렸던 것이다.

작은 개구리의 점프와 '조다이요' 서체

떨어지면서도 계속해서 점프를 하는 개구리를 보고 있던 오노 미치카제는 혼잣말로 이렇게 중얼거렸다.

"개구리야! 너도 일찍 포기하고 저 나무 밑으로 올라가라. 나도 10년 공부 도루아미타불이었단다. 너도 나처럼 되지 말고 편안하게 저 나무 밑으로 올라가라. 조금은 돌아가도 그 길이 빠를 것이다."

다시 명상에 잠기려는데 일정하게 들리던 꽥꽥 소리가 들리지 않았다. 오노 미치카제는 소리가 나던 쪽으로 다시 고개를 돌렸다. 그런데 개구리가 점프를 하고 있던 그곳에는 놀라운

일이 벌어지고 있었다. 도저히 닿을 수 없을 것 같았던 그 높은 곳의 버드나무 잎을 작은 개구리가 물고 매달려서 기어 올라가고 있었던 것이다! 오노 미치카제는 깜짝 놀랐다.

"아니, 저런 저 작은 개구리가……. 저런 미물조차도 뜻한 바가 있으면 끝까지 해내는데 인간인 내가 여기서 그만둔다면 저 개구리만도 못하지 않겠는가?"

오노 미치카제는 개구리를 보고 깊이 깨달은 바 있어 다시 골방에 들어와 붓을 들고 10년 동안 더 공부를 했다. 그 결과 일본에서 최고의 서체라고 일컫는 '조다이요' 서체를 완성해 일본 최고의 서예가로 이름을 올렸다.

　우산을 쓴 선비와 개구리 한 마리, 버드나무 한 그루, 그리고
먼 산이 그려져 있고 빛 광(光)자가 쓰여 있는 비광……. 사실
고스톱에서는 그리 환영받지 못하지만 많은 교훈이 있는 비광
에 대한 숨은 사연이다. 우리가 힘들 때마다 떠올려 볼 수 있
는 소중한 의미가 있는 이야기가 아닐까.

세상과 만나는 지혜

04
한국의 빌게이츠를 꿈꾸며

국민소득 10,000달러 시대에 돌입했다고 축포를 터트리며 좋아서 웃고, 다시 IMF라는 무서운 직격탄을 맞고 숨을 헐떡이며 슬퍼서 울던 것도 옛이야기가 되었다. 이젠 그 시절이 아련한 추억 속으로 묻혀가고 있다. 요즘도 불경기라고 아우성치면서도 우리는 30,000달러 시대를 향해 질주한다. 우리가 1962년 1인당 국민소득이 83달러일 때 이웃나라들의 1인당 국민소득이

필리핀 157달러, 베트남 132달러, 북한 117달러였다.

우리보다 GNP가 높았던 필리핀이나 베트남, 북한은 아직도 가난에 허덕이고 있는데 우리는 20,000달러를 넘어 30,000달러를 향해 질주하는 것을 보면 우리나라 국민의 저력이 대단함을 새삼 느낀다. 참고로 주요 선진국들이 1인당 국민소득 10,000달러 달성 시기를 살펴보면, 영국은 1987년 10,000달러 시대를 맞기까지 산업혁명이후 230여년이 소요되었다. 또 미국은 1978년 10,000달러 시대를 맞기까지 180여년, 독일은 1977년 10,000달러 시대를 맞기까지 130여년이 소요되었으며, 일본도 1981년 10,000달러 시대를 맞기까지 110여년이 걸렸다.

그런데 우리는 1962년 80달러에서 1997년 10,000달러를 달성할 때까지 불과 35년 만에 1인당 국민소득을 125배로 끌어 올렸다. 이런 사례는 세계 어느 나라에서도 찾아 볼 수 없는 급속도로 빠른 경제 성장이었다.

그 덕에 현재 우리의 경제 규모가 세계 13위, 무역 규모는 세계 12위의 중견국가로 발전하여 세계 경제의 한 축으로 자리하고 있다. 지금까지 이렇게 빠른 속도로 발전한 데는 현장에서 연구하며 온몸에 기름땀을 흘려준 이공계 출신들의 헌신적인 공로가 있다는 것을 간과(看過)해서는 안 된다.

세상에서 이루어지는 모든 것은 희망이 만드는 것이다

미국이 현재 잘 살고 있는 것은 예전에는 에디슨이 있었기 때문이고 현재는 빌게이츠가 있기 때문이라고 한다.(빌게이츠가 하루에 버는 돈이 600억 원이고 1년에 버는 돈이 500억 달러) 만약 빌게이츠 같은 사람이 우리나라에 한 사람만 있었어도 우리는 IMF를 맞지 않았고, 5명이 있으면 당장에 20,000달러 시대로 도약할 수 있다는 이야기가 있다.

그러나 지금은 이공계 기피현상이 생겨 2002년도 서울대학교 대학원 박사과정이 컴퓨터, 항공을 제외한 거의 모든 학과에서 미달사태를 빚었다는 것은 우리 미래를 어둡게 한다. 더구나 부의 상징처럼 들리는 그랜저 타는 나이가 한의대는 30세, 의대 35세, 공대는 45세, 기초과학을 연구하는 자연대는 영원히 타지 못한다는 삼성경제 연구소의 발표를 보면 국가의 장래를 위해서 이제라도 특단의 처방이 필요한 시기가 아닐까.

지금이라도 국가 경쟁력을 키울 수 있는 이공계 출신을 대접하는 국가의 정책이 이루어졌으면 하는 바람이다. 그래서 다시 이공계로 우수한 인재들이 모여들고 땀을 흘린 보람을 찾고 웃는 그 속에서 한국의 빌게이츠가 탄생할 수 있었으면 한다.

마루틴 루터는 "세상에서 이루어지는 모든 것은 희망이 만드는 것이다"라고 말했다. 좁은 땅의 우리가 내일의 희망을 안고 더 넓은 세계로 도약할 수 있는 것은 한국의 빌게이츠를 꿈꾸고 에디슨을 꿈꾸는 우리가 있기 때문이리라.

05
미래의 문 뒤에 행복이 있길

"소장님! 로드 킬(Load kill)을 당해 캥거루 두 마리가 또 죽었습니다. 캥거루가 더 이상 로드 킬을 당하지 않고 운전자들을 보호하는 방법은 이제 울타리를 치고 보호 구역 안에서만 활동할 수 있게 하는 방법밖에 없을 것 같습니다."

하루에 한두 번씩 자동차 전용도로에서 목숨을 잃는 캥거루를 보면서 관리소 직원들이 대책을 세우기 위해 고심을 하고 연구를 했다. 그 결과 결국 보호구역을 설정하고 울타리를 치

기로 결론을 내렸다.

　울타리의 높이를 얼마나 높게 할 것인가 고심을 하다 캥거루가 높이뛰기를 잘한다고 해도 1m 정도면 될 것이라 생각한 관리소장은 그 높이로 지시를 내렸다. 소장은 직원들이 울타리를 모두 설치한 것을 보고 이제는 안심할 수 있겠다고 생각했다. 소장이 마음 편히 잠을 푹 자고 아침에 나와 보니 이게 웬일! 캥거루들이 울타리 밖으로 나와 놀고 있는 것이 눈에 띄었다.

　"아니, 도대체 어떻게 된 겁니까?"

　놀란 소장은 울타리를 설치한 직원들에게 물었다.

　"캥거루들이 1m 높이 정도는 쉽게 뛰어 넘는 것 같습니다."

　직원들은 풀이 죽은 목소리로 간신히 대답했다. 소장은 한참을 고심한 끝에 캥거루들이 아무리 높이뛰기를 잘한다 하더라도 1m 50cm는 뛰어 넘지 못할 거라고 다시 생각했다. 그래서 관리소장은 울타리의 높이를 50cm 더 높이라고 지시를 했다.

　관리소 직원들은 소장의 지시대로 다시 열심히 울타리를 50cm 더 높이는 작업을 하였다. 소장은 이젠 정말 안심할 수 있겠다 싶었다. 그날 밤 직원들과 소장은 편안한 마음으로 잠을 잤다. 다음날 아침 다들 일찍 나와 보니 캥거루들이 또 다시 울타리 밖에서 놀고 있는 것이 아닌가!

　소장은 '아, 캥거루들은 도대체 얼마나 높이 뛴다는 말인

가…….' 라고 탄식을 했다. 관리소장은 캥거루들이 얼마나 높이 뛰는지 너무 궁금해서 그날 밤 잠을 자지 않고 울타리를 지켜보기로 했다.

밤이 지나가고 동이 틀 무렵 캥거루들은 울타리 쪽으로 하나, 둘씩 껑충껑충 뛰어 나왔다. 그런데 아뿔싸! 캥거루들은 소장의 생각과 달리 울타리를 넘는 것이 아니라, 관리원들이 드나드는 문을 그냥 열고 나오는 것이 아닌가!

이 광경을 보자 소장은 무릎을 탁 쳤다. 캥거루는 원래 높이 뛰기를 잘하니까 틀림없이 울타리를 뛰어 넘어 나올 것이라는 편견 속에 갇혔던 것이 시행착오를 불렀구나. 소장은 뒤늦게 자신의 고정관념에 대한 후회의 가느다란 신음소리를 냈다.

우리가 살아가는 방법도 이처럼 하나만 있는 것이 아니다. 우리도 심한 고정관념 속에 갇혀 있는 건 아닐까. 내 삶의 방식이 다른 사람의 것보다 반드시 좋다고만은 할 수 없다. 내가 살아가는 방법보다 다른 사람이 사는 방식이 더 쉽고 옳을 수도 있다. 단지 자신의 고집으로 고정된 틀에 갇혀서 일을 그르친 적은 없는가.

지나간 삶에 대해서 후회를 하지는 말자. 지금부터 그리고 미래의 나의 행복을 위해 고정관념을 과감하게 내려놓자. 지금 하는 일이 능률이 오르지 않고 힘이 많이 든다면 다른 방법을

찾아보자. 나 말고 다른 사람은 어떻게 하고 있는지 찾아보는 것도 미래를 열어가는 지혜가 아닐까?

미래를 위한 삶의 방법 찾기

때때로 학생들에게 왜 사느냐고 물으면 대부분의 학생들은 '돈을 벌기 위해서'라고 대답한다. 그러면 내가 "또 돈은 왜 버느냐"고 물으면 "행복해지기 위해서"라고 말한다.

과연 무엇이 행복일까? 정말 돈만 있으면 우리는 행복해질 수 있는 걸까. 행복해지기 위해서는 첫 번째 스스로 행복하다고 마음먹으면 행복해질 수가 있다. 우리 속담에 '일소일소일노일노(一笑一少 一怒一老)'란 말이 있다. 즉, 한 번 웃으면 한 번 젊어지고 한 번 화내면 한 번 늙는다는 말이다. 또 불가에는 '심즉시불(心卽是佛)'이란 용어가 있다. 내 마음이 곧 부처라는 말로, 즉 마음먹기에 따라 모든 것이 달라진다는 뜻이다.

행복의 두 번째 조건은 인간관계이다. 사람을 인간(人間)이라고 하는데, '간(間)'자를 쓰는 이유는 우리가 사람들과의 관계 속에서 살아가기 때문이라고 한다. 사람들은 다른 사람과의 관계가 좋아 모든 사람의 중심에 자기가 서 있고, 모든 사람들이

나에게 관심을 가져주면 행복해 한다. 반면에 남들이 나에게 등을 돌리고 왕따를 시키면 불행해 한다. 이처럼 행복은 인간 관계에 있다는 것이다.

세 번째 행복은 스스로 성취감을 느끼는 것이다. 노력 없는 쾌감은 중독을 일으키지만, 힘든 고통을 이기고 스스로 무엇인가를 이룰 때 얻는 쾌감은 행복을 가져다준다.

나는 대학을 졸업하자마자 회사에 입사하여 연수를 받았다. 그때 내 마음을 사로잡는 강사 분을 만났다. 강의가 끝난 후 나는 그 강사님께 물어 보았다.

"선생님, 어떻게 하면 선생님처럼 강의를 잘할 수 있습니까? 저도 선생님처럼 강의를 잘하고 싶습니다."

그러자 강사님이 잠깐 생각에 잠기더니 이렇게 대답을 해주셨다.

"강의를 잘하려면 첫째는 자기가 하는 일에 전문가가 되어야 하네. 두 번째는 하고자 하는 이야기를 단편적으로 전달하려 하지 말고 줄거리를 만들어 전달하는 스토리텔러(storyteller)가 되게. 세 번째는 제스처 하나까지 신경 쓸 줄 아는 프로가 되게."

그 강사님은 이 말을 남기고 자리를 떠났다.

　나는 그동안 열심히, 때로는 너무 열심히 살다 보니 죽을 고비도 넘겼고 힘든 일도 많았다. 그러나 지금은 보통 사람들보다 많은 결과물을 얻었다. 그 노력의 결과 많은 강의 요청이 들어왔다. 난 강의 준비를 열심히 하면서 스토리도 만들어 재미난 내용을 갖고 강단에 서왔다. 그러다 보면 내 강의를 들은 사람들이 몹시 감동하고 즐거워하는 모습을 보면서 스스로도 행복해진다. 처음에는 창의력과 발명에 대한 강의에 주력했으나 지금은 인성 쪽에서도 많은 강의를 하고 있다.

　어떤 사람들은 가끔씩 내게 묻는다. 그렇게 열심히 노력해서 사는 삶이 힘들지 않느냐고……. 그때마다 나는 빙그레 웃으면서 학습(學習)의 습(習)자는 깃우(羽)에 일백 백(白)자를 합쳐서 만든 글자로 새가 날갯짓을 백 번 연습해야 날 수 있다는 데서 기인한 말이라는 것을 떠올린다.

　오랫동안 고심하고 어느 한 소재를 찾아 스토리를 만들어 강의를 하면서 많은 사람들 속에 내가 서 있는 것이 즐겁다. 또 내 강의를 듣고 감사하다는 말을 건네는 말을 들을 때마다 보람도 느낀다. 내 이야기를 듣고 변화되는 사람들을 보면서 신이 나고 뿌듯하다. 그래서 나는 매일 미래의 문을 열면서 기쁘고 또 행복하다. 다른 많은 사람들의 미래의 문 뒤에도 행복이 있길 바란다.